AKONI

Yoruba

Roman jeunesse

GABRIEL SOULEYKA

Du même auteur :

- Le Cri de l'innocence
- Solitude, l'enfance (volume 1)
- Solitude, révolte (volume 2) (
- Voleurs d'âmes
- Akoni Yoruba
- Khepri l'Egyptien
- Khepri et le temple des éveillés
- Insoumis 1954 volume 1
- Insoumis 1957 volume 2
- Toya du Dahomey
- Nos 30 héroïnes

Retrouvez Gabriel sur l'ensemble de ses réseaux :

@Gabriel Souleyka

Tioleja.com

ISBN 978-2-487324-01-5

AVANT PROPOS

Je souhaitais développer une série jeunesse au profit des enfants de tous horizons, afin d'apporter une contribution à l'éducation des plus jeunes au travers d'histoires authentiques. Dans la continuité du travail que nous avons commencé avec Tioleja Films, il était légitime de l'entreprendre à travers Tioleja Editions. **Yasmina Fagbemi** avec qui j'ai fondé Tioleja, m'a largement soutenue dans cet effort et cela nous permet donc de proposer des contenus originaux.

Akoni est le premier d'une série de 12 qui sortiront au fil des mois, j'explore ainsi des pans de l'histoire de l'Afrique, des Antilles, des pays ayant déporté des noirs durant les traites. Racontant cela à travers les yeux d'enfants de plusieurs pays. Me permettant ainsi de mettre en avant les différentes cultures de plusieurs époques.

Ces livres s'adressent aux plus jeunes comme aux plus grands, ils peuvent être racontés, lu, relu, car j'ai choisi l'héroïsme plutôt que la victimisation. Bonne lecture.

Gabriel Souleyka

1. LES RACINES

Dans le village animé de Dabeya, au cœur du Bénin, en Afrique de l'Ouest, habite un jeune garçon nommé Akoni. À l'âge de presque douze ans, c'est un enfant épanoui. En tant que membre fier et intrépide du peuple Yoruba, Akoni est intimement lié aux traditions anciennes qui rythme sa vie quotidienne. Son père Djibali est le Roi de la région. Les premières lueurs du soleil caressent les collines verdoyantes ; lorsque les rires joyeux des enfants résonnent dans tout le village endormi. C'est là que commence chaque journée pour Akoni et ses amis. Leur innocence pure illumine leurs visages tandis qu'ils se lancent dans des combats effrénés imitant les plus grands, cela reste des jeux d'enfants, sous le regard bienveillant des anciens.

Akoni est doté d'un esprit curieux et avide d'aventures. Son imagination débordante lui permet souvent d'échapper aux limites physiques imposées par son environnement modeste. Il peut se transporter vers des contrées lointaines rien qu'en fermant les yeux ; explorer des jungles impénétrables ou nager avec grâce dans l'immense océan. Mais malgré ces escapades imaginaires fascinantes, Akoni reste profondément attaché à sa terre natale et à ses racines. Il se sent connecté à chaque brin d'herbe, les arbres majestueux qui peuplent les environs de Dabeya. Son cœur bat au rythme des tambours ancestraux et ses pieds s'animent instinctivement dès que les mélodies envoûtantes résonnent dans l'air chaud. La vie est simple pour Akoni et sa communauté bien-aimée.

Ils vivent en parfaite harmonie avec la nature généreuse qui les entoure, tirent leur subsistance des terres fertiles et des eaux abondantes du fleuve voisin. Les journées sont remplies de travail acharné mais aussi de moments précieux partagés entre amis et familles. L'aube se lève doucement sur le village, révélant une palette de couleurs étincelantes qui dansent à travers les feuilles des arbres. Akoni se réveille avec l'excitation habituelle d'une nouvelle journée qui se dévoile dans les ruelles familiales de Dabeya. La hutte en argile, qu'il appelle maison, est animée des murmures de sa mère Adunola, elle prépare le repas matinal. Dans la cuisine, les arômes envoûtants des herbes et des épices enrobent tout, Adunola confectionne les mets traditionnels qui font la renommée du village.

Les odeurs de piments, de feuilles de basilic et de poisson grillé s'entremêlent, créant une symphonie gastronomique qui chatouille déjà les narines d'Akoni. Adunola ajoute,

— Mon fils, je pense que tu as faim, pour ne pas me changer !

— J'ai toujours faim mama, il faut de la force

pour réussir les rites de passages !

— Tu restes mon petit garçon, car après toutes ces épreuves, ta barbe va pousser et tu vas m'abandonner !

— Jamais mama, puis je ne veux pas de barbe de toute façon !

Akoni sourit, se dirige vers la cuisine où la magie culinaire de sa mère est en train de se déployer. La table est déjà dressée avec des nattes colorées, prête à accueillir les festivités du petit déjeuner. Akoni s'assoit, impatient de découvrir les délices qui l'attendent. Le petit déjeuner est une célébration des saveurs locales. Des beignets de haricots frits, côtoient des tranches juteuses de mangue et des boules de millet fermenté. Adunola sert également une soupe de feuilles d'amarante, agrémentée de morceaux de bœuf, une spécialité que personne ne pourrait refuser. Adunola murmure,

— Que la nourriture soit aussi abondante que la bonté de nos ancêtres !

— Je les remercie de nous donner tout ça alors !

— Il faut toujours le faire car grâce à eux, nous ne manquons de rien, ils ont transmis de génération l'art de cultiver la terre !

Cette prière silencieuse flotte dans l'air comme une bénédiction. La famille s'installe pour déguster le repas ensemble. Chaque bouchée est une célébration de l'abondance de la terre et du lien sacré entre la communauté et la nature qui les entoure. Les éclats de rires et les échanges familiaux accompagnent ce moment, créant une harmonie douce qui résonne dans le cœur d'Akoni. Après le repas, Adunola, avec une douceur empreinte de dévotion, propose à Akoni de l'accompagner dans un rituel quotidien qui tisse les fils de la spiritualité et de la vie quotidienne. Ils se dirigent vers un coin tranquille du village où un autel, orné de couleurs vives et de symboles sacrés, attend.

— La prière est ce lien secret qui unit nos âmes à celles des ancêtres et du divin Olorun ! Tu dois toujours avoir cela en mémoire ! Surtout quand tu vas passer les rites !

— Papa a dit que j'allais les réussir en riant !

— N'en soit pas aussi sur mon petit, j'en ai vu bien peu réussir sans se briser les dents et les bras !

— Je suis prêt, le meilleur nageur du village, et je grimpe aux arbres plus vite que Zuri !

— C'est une petite fille, je vais te confier un secret, j'ai entendu qu'il n'y aura pas de courses à l'arbre pour vous cette année !

— Vraiment ? Tu es sûre mama ? Parce que j'ai toujours vu les plus grands le faire !

— Ton père voulait innover, ajouter quelques

épreuves qui vont vous permettre de mieux affronter l'âge adulte ! Assez bavardé, j'en ai trop dit, prions !

Ils s'agenouillent devant l'autel. Elle allume une bougie, symbolisant la lumière qui guide leur chemin, récite des chants en l'honneur des ancêtres. Akoni ferme les yeux, se laisse envelopper par la douce mélodie des prières qui s'élève dans l'air. C'est un moment d'intimité, une connexion entre le tangible et le spirituel qui ancre le garçon dans les traditions de son peuple. Pendant ce temps, Zuri, l'amie fidèle d'Akoni, âgée de dix ans, se prépare pour la journée. Elle vit à quelques pas de la hutte, ils partagent une amitié née des rires partagés et des aventures espiègles.

— Alors petit, tu vas devenir un homme bientôt ?
— Je suis plus grand que toi je te rappel, quand je vais passer les rites, les terminer, tu devras m'appeler majesté !
— Tu peux toujours rêver !
— Mama a préparé des bons plats, tu en veux ?
— Change de sujet, tu as raison, mais j'ai faim !

Zuri rejoint la famille d'Akoni pour le repas du matin, ajoutant sa joie contagieuse à l'atmosphère chaleureuse. Après le petit déjeuner, les deux amis décident de se rendre à la rivière avec d'autres enfants. C'est un lieu empreint de mystère et de tranquillité, où les eaux limpides murmurent des récits oubliés. Ensemble, ils traversent les sentiers familiers, Zuri sautille avec l'insouciance de l'enfance, Akoni marche avec la confiance du futur Roi. Les voici sur les rives sacrées, la chaleur aidant, ils vont pouvoir se rafraîchir. À la rivière, ils s'immergent dans l'eau froide, se laissent bercer par le doux murmure de la nature qui les entoure. Les rires des enfants résonnent comme des échos dans les cieux, une offrande de joie à la rivière qui a vu grandir tant de générations. La journée s'écoule entre jeux, rires et découvertes. Akoni, Zuri et d'autres enfants explorent les rives, découvrant des trésors cachés par la nature généreuse.

L'après-midi s'étire, le soleil commence sa descente vers l'horizon. Le retour au village se fait sous une toile de couleurs chaudes qui illumine le ciel. La journée se conclut comme elle a commencé, avec un repas partagé entre amis et une gratitude profonde pour les liens qui les unissent. La nuit couvre Dabeya de son manteau étoilé, témoignant des rituels de la journée et des rires qui ont résonné dans les ruelles. Akoni, allongé sous le ciel nocturne avec Zuri à ses côtés, sent la présence apaisante de ses ancêtres veillant sur le village. Les soirées festives sont le point culminant de la journée pour Akoni. Lorsque le soleil disparait derrière l'horizon doré, il se joint aux autres enfants du village pour invoquer les ancêtres, par des chants mélancoliques. A la nuit tombée, les étoiles témoignent de cette foi antique, l'Afrique est terre de spiritualité.

Tous vont s'endormir, des rêves plein la tête. Au matin, les rayons du soleil dansent sur les eaux calmes de la rivière sacrée de Dabeya, tandis qu'Akoni et ses amis se prélassent déjà sur les rives du fleuve. La clarté dorée révèle les secrets mystiques de l'eau, réveille une énergie ancienne qui imprègne le vent. Zuri, aux tresses colorées, examine attentivement les reflets dansants à la surface de l'eau. Elle s'exclame,

— Il paraît qu'on peut voir des messages des ancêtres dans ces vagues lumineuses !

Akoni est intrigué par l'affirmation,

— Qui t'as dit cela ? Le vieux Olumide ?

— J'ai pas besoin de lui pour connaître toutes nos histoires !

— J'ai eu peur, une fois il m'a dit que j'allais traverser la grande mer !

— N'importe quoi, allez, concentre-toi, regarde et tu vas voir !

Akoni focalise son attention, captivé par la magie de l'instant. Il écoute avec attention, ses yeux curieux scrutent la rivière. Les traditions Yorubas sont tissées dans la toile de chaque journée à Dabeya, et la rivière, en tant que lien sacré entre le monde des vivants et des ancêtres, détient des réponses mystérieuses. Soudain, un frémissement agite la surface de l'eau, créant des ondulations qui semblent former des symboles éphémères. Les enfants observent avec fascination, captivés par la danse fluide des reflets. Une voix douce se fait entendre dans la brise, porte un chant ancien que seuls les cœurs attentifs peuvent entendre. Akoni se sent enveloppé par cette mélodie venue d'une époque lointaine, une mélodie qui évoque les racines profondes de son peuple. Intrigués, les enfants suivent le cours de la rivière, guidés par la symphonie de l'eau.

Ils pénètrent plus profondément dans la forêt, où les arbres semblent aussi murmurer des récits oubliés. Le chemin les conduit à une clairière, où se dresse un ancien autel de prière qui semble abandonné. Des inscriptions Yorubas ornent les pierres, révélant des sagesses gravées dans le temps. Akoni ressent une connexion profonde avec cet endroit, comme si les ancêtres eux-mêmes le guidaient. Au centre de l'autel, une pierre gravée d'un symbole mystique attire l'attention d'Akoni. Il reconnait l'emblème de la famille royale, une affirmation silencieuse de son destin en tant que fils du Roi. Zuri, interprète les signes avec sagesse,

— Les racines de notre peuple plongent dans la terre, tout comme les branches s'élèvent vers le ciel ! Nous sommes le lien entre le passé et l'avenir, chaque génération ajoute une nouvelle branche à l'histoire !

Les mots de Zuri résonnent dans le cœur d'Akoni, révélant une vérité qui transcende le temps. Les enfants se recueillent devant l'autel, honorant la richesse de leur héritage. Cependant, leur aventure ne fait que commencer. Un murmure dans le vent annonce une épreuve à venir. Des ombres s'étirent sur le sentier, portant avec elles des échos lointains de changement. Le village est en effervescence à leur retour. Car ce jour est spécial pour le petit, on prépare les célébrations pour l'anniversaire d'Akoni, elles prennent une ampleur particulière. Les habitants, vêtus de parures traditionnelles, se rassemblent sur la place centrale. Le Roi, père d'Akoni, prononce des paroles de bénédiction, soulignant l'importance de préserver les racines de la culture yoruba.

Pendant la cérémonie, un messager arrive, porteur d'une nouvelle inattendue. Des étrangers, des marchands portugais en quête d'esclaves, approchent du village. L'ombre des ennuis s'abat sur la fête et une tension palpable enveloppe Dabeya. Djibali est un homme respecté et sage, dont la figure imposante et les yeux profonds révèlent une connaissance profonde des mystères de la vie. Il a décidé que le moment est venu d'initier son fils à l'art de la guerre, une tradition ancienne dans la lignée royale Yoruba,

— Viens avec moi Akoni !

Appela le roi, sa voix puissante est empreinte d'une autorité bienveillante.

— Aujourd'hui, tu vas commencer à apprendre les bases de nos arts militaires ! Ils sont le fruit de longues traditions qui ont fait la force des Yorubas !

Akoni suit son père à travers le village, les regards des villageois témoignent du respect qu'ils éprouvent pour leur roi et de la curiosité envers le jeune prince. Ils atteignent la place centrale où se dresse une arène de combat en terre battue, lieu où de nombreuses générations ont appris l'art du combat. Le soleil est à son zénith lorsque Djibali, vêtu d'une tenue traditionnelle de guerre, fait face à son fils,

— Tu as 12 ans mon fils, le rite est proche, par ces entrainements, tu vas devenir le gardien du peuple ! La force des Yorubas réside dans notre capacité à nous défendre et à préserver nos traditions ! Je te présente Ade ! On l'appelle aussi la couronne, je la tiens de mon père et du sien avant lui !

Djibali dévoile alors une épée aux ornements délicats, par ce biais, il transmet à Akoni bien plus que du métal forgé. C'est une relique familière, elle a été portée par des générations de rois avant lui.

— Une arme est autant une extension du cœur que du bras. Apprends à connaître cette épée comme tu apprends à connaître ton propre souffle

Akoni prend l'épée avec une détermination naissante. Son père lui enseigne les positions de base, les mouvements gracieux transmis de père en fils pendant des siècles. Chaque geste est empreint de signification, une danse martiale qui honore à la fois la force et la responsabilité. Les heures s'écoulent alors qu'Akoni absorbe les leçons de son père. Djibali partage non seulement des techniques de combat, mais aussi des récits d'anciens rois et des enseignements sur la sagesse nécessaire pour guider un peuple. Le soleil amorce sa descente lorsque le roi décide qu'il est temps de mettre la théorie en pratique,

— La véritable force est dans la maîtrise de l'émotion qui te prend quand tu vois ton ennemi !

— Qui sont nos ennemis ?

— Beaucoup vont te dire que ce sont les Igbos, les Fulanis, les Dahoméens, mais en vérité, ton ennemi est celui qui veut prendre ta liberté !

— Comme le font ceux qui vendent les nôtres ?

— Si tu parles des marchands d'esclaves, alors oui, effectivement, ce nos ennemis déclarés !

— J'ai entendu que les épées ne leur font pas peur, qu'ils ont des armes capables d'écraser nos guerriers !

— Fils, une épée n'a pas besoin d'être chargée, elle ne va jamais te trahir !

Djibali se met à fendre l'air d'un geste rapide avec la lame.

— Quand tu fais entrer ceci dans le corps d'un homme, crois moi, les autres n'ont pas envie de t'approcher ! On va s'appliquer à t'enseigner les bons gestes pour que personne ne prenne ta liberté !

Le roi et le prince se lancent dans une démonstration de compétence et de synchronisation. Chaque mouvement est une danse calculée, une démonstration de la connexion profonde entre le passé et l'avenir. Les villageois, rassemblés pour observer cette leçon vivante, ressentent l'énergie qui émanait de la scène. Alors que le crépuscule enveloppe Dabeya, père et fils concluent leur session d'entraînement. Djibali pose une main fière sur l'épaule d'Akoni.

— Tu as du potentiel fils, n'oublie jamais que la vraie grandeur réside dans la compassion et la sagesse, autant que dans la force physique !

— Mais tu parles souvent de guerres pourtant ?

— J'en parle, en priant que cela n'arrive pas, car dans la guerre personne n'en sort vainqueur !

— Alors qu'elle est le sens de la victoire ?

— C'est quand tu t'occupes de ta famille, que tu rentres à la maison pour les regarder sourire !

Akoni, le cœur vibrant d'une nouvelle détermination, ressent le poids de l'héritage qui lui a été confié. À la lumière des étoiles, Akoni contemple le ciel nocturne, se demande ce que l'avenir réserve à Dabeya. Ses pas résonnent sur la terre du village, marquant le début d'un voyage où les leçons du passé guident les pas du futur gardien du peuple de Dabeya. Autour du feu, à la faveur de la nuit, Djibali rassemble les anciens du village pour délibérer sur la meilleure manière de protéger leur communauté. Akoni, bien que jeune, sent le poids de sa responsabilité grandir. Les racines de sa culture, si profondément enracinées, se dressent maintenant comme un bouclier contre la tempête qui s'annonce. La nuit tombe sur Dabeya, Akoni, guidé par les enseignements de la rivière sacrée et les paroles sages de Zuri, se tint prêt à affronter l'avenir, les racines de son peuple l'ancrent solidement dans la terre de ses ancêtres.

L'aube se lève doucement sur le village, baignant les huttes en argile d'une lueur chaleureuse. Akoni se réveille avec l'excitation d'une nouvelle journée. Ce matin, c'est son douzième anniversaire, Il entend déjà les rires joyeux de ses amis devant sa hutte. Ils sont venus le chercher pour célébrer la journée spéciale. Zuri lui tend un collier de perles lumineuses en signe d'amitié, tout en criant,

— Bon anniversaire ta majesté, tu es content ?

— Tu peux mieux faire je crois !

— Tu vas moins faire le malin quand tu devras courir après des zèbres !

— Tu as entendu quelque chose, ils vont envoyer des zèbres ?

— Oui, même des hyènes mon pauvre ?

— Non ?

Zuri se met à rire, Akoni essaye de se venger en lui attrapant les cheveux, il rate sa cible, les deux se mettent à courir dans les allées de Dabeya.

Le village est en effervescence, les préparatifs pour la grande fête sont en cours. Les femmes tissent des paniers colorés, les hommes préparent des plats traditionnels, et les enfants courent partout, portant des vêtements festifs. La musique emplit l'air alors que les tambours résonnent, invitant tout le village à célébrer le fils de l'illustre chef. Les ruelles se transforment en un tableau vivant de couleurs éclatantes, de danses gracieuses et de rires contagieux. Akoni se joint à la danse, tourbillonne avec ses amis sous le regard bienveillant des aînés. Ils sont le reflet de la jeunesse insouciante, libres de toutes préoccupations, immergés dans la magie de l'instant. Après les célébrations du matin, Akoni et ses amis décident de partir à l'aventure vers la forêt. Ils traversent le village, franchissent les champs verdoyants où le maïs ondulent doucement sous la brise, et pénétrèrent dans l'épaisseur des arbres.

La forêt est un monde mystérieux, un lieu où les esprits anciens semblaient murmurer à travers le feuillage. Les enfants s'aventurèrent plus profondément, s'émerveillent devant les papillons aux ailes chatoyantes et les chants mélodieux des oiseaux. Akoni est en tête du groupe, guidant ses amis avec une confiance naturelle. Ils atteignent enfin devant le lac sacré, un lieu où les ancêtres sont honorés et où l'eau claire chante une mélodie apaisante. Akoni se penche pour recueillir de l'eau dans ses mains, sent la fraîcheur revitalisante contre sa peau. Soudain, un cri d'excitation retentit. Zuri a découvert un chemin secret menant à une clairière. Des fleurs exotiques tapissent le sol, créant un tapis multicolore sous le ciel azur. Les enfants rirent, s'allongent dans l'herbe douce et contemplent les nuages dérivants paresseusement au-dessus, Akoni est rêveur,

— Vous imaginez les histoires que ces nuages pourraient raconter s'ils savaient parler ?

Il a les yeux fixés sur le ciel infini. Les heures s'écoulent comme des étoiles filantes, laissent derrière elles des souvenirs éternels gravés dans le cœur des enfants. Ils rentrent au village, conquis par cette journée, au retour, une surprise attend le petit, les tambours résonnent, appelant les villageois à se rassembler sur la place centrale. Les danses commencent, emmenant le village dans un tourbillon de couleurs et de mouvements. Adunola l'entraîne dans une petite case, en moins d'un instant, le voilà habillé de la tête au pied d'une parure spéciale. On ne peut plus rater celui qu'on honore, il se joint aux festivités, tourbillonne avec ses amis et les autres enfants du village. Adunola est une femme forte au regard bienveillant, elle se lève pour chanter une mélodie ancienne. Les chants sont un hommage à la vie pour les Yorubas, qui se renouvelle et, ce jour-là, à la naissance d'Akoni ils avaient tous chanté.

Le son résonne à travers le village, un appel doux à la célébration. Sa mère lui dépose un baiser sur le front. Les yeux pétillants de curiosité, Akoni découvre les cadeaux du village, un collier de perles, un pagne confectionné spécialement pour lui, un bouclier de bois, un arc, il est comblé. Le village tout entier se mobilise. Les femmes ont préparé des mets délicieux, et les enfants s'occupent des derniers détails festifs. Le chef du village, le père d'Akoni, surveille les préparatifs avec fierté, sachant que cette journée est spéciale pour son héritier. Avoir 12 ans chez les Yorubas n'est pas anodin, il sera bientôt un homme. Akoni se dit, « Un jour, ce village sera mien à protéger et à guider, » pensa-t-il, conscient de l'héritage qui reposait sur ses épaules. Les heures passent comme des étoiles filantes, marquant cette journée mémorable.

Le village, à l'orée de la nuit, résonne d'une dernière danse en l'honneur d'Akoni. Les visages illuminent la place centrale, le feu de joie crépite, et la voix du chef, le père d'Akoni, s'élève pour bénir son fils et son avenir. La nuit tombe sur Dabeya, mais la lueur de la journée d'anniversaire d'Akoni persiste dans les mémoires. Assis près du feu familial, entouré de l'amour des siens, Akoni sent la chaleur de l'affection et la promesse d'un avenir où il serait le guide de son peuple. Le village est éclairé par le scintillement des étoiles. Akoni se blottit dans sa hutte, entouré de l'affection de sa famille. Son esprit est rempli de rires, de danses et d'aventures, une symphonie de moments heureux qui définit son enfance. Cependant, au-delà de l'horizon doré de son univers insouciant, des nuages sombres s'amoncèlent.

Les nouvelles se précisent, les étrangers inconnus sont porteurs de destinées imprévisibles qui vont bientôt s'entrelacer avec celle d'Akoni, pour le plonger dans une épreuve inimaginable. La tension dans le village de Dabeya est palpable alors que les nouvelles des marchands portugais se propagent comme un souffle sinistre dans toute la région. Les villageois s'organisent rapidement pour renforcer les défenses, le Roi appelle Akoni à ses côtés,

— Akoni, fils de Dabeya, aujourd'hui tu découvres le poids de la responsabilité qui repose sur les épaules d'un futur Roi. Les racines de notre peuple sont solides, mais elles doivent être protégées des tempêtes qui s'annoncent.

Akoni hoche la tête avec détermination, absorbe chaque mot comme une leçon gravée dans le tronc de l'arbre ancestral de sa lignée. Zuri, présente à ses côtés, lui adresse un regard compatissant, ses yeux reflète la compréhension mutuelle de la charge qui pèse sur leurs épaules. La nuit s'étend sur Dabeya, enveloppe le village d'un voile d'obscurité. Akoni, malgré son jeune âge, se tient avec une fermeté calme aux côtés des adultes qui discutent des stratégies de défense. Les torches crépitent, projettent des ombres dansantes sur les visages inquiets. Au cours de la nuit, des émissaires furent envoyés pour observer les mouvements des étrangers. Le village retint son souffle, conscient que l'avenir de Dabeya était suspendu à un fil fragile. Akoni, sous le regard bienveillant de la lune, ressentit l'urgence d'agir.

À l'aube, les émissaires revinrent avec des nouvelles alarmantes. Les marchands portugais sont à vue du port, les voiles blanches de leurs navires ondulent comme des spectres à l'horizon.

2. UN HOMME

Au village, l'atmosphère s'électrise pour d'autres raisons, bien que les Portugais représentent une menace imminente, Akoni et d'autres garçons, vont devoir subir le passage du rite qui fera d'eux des hommes. Ils seront admis comme membres à part entière de la communauté, participant avec fierté à la défense des autres. Dans la culture Yoruba, le passage de l'enfance à l'âge adulte est marqué par ce rite significatif. À l'âge de 12 ans, les jeunes garçons sont initiés à devenir des hommes, une transition profondément ancrée dans les traditions et les valeurs ancestrales du peuple. Ce rite représente bien plus qu'une simple transition physique ou temporelle, c'est comme cela qu'on détermine le destin de chacun. C'est un processus d'apprentissage, une transformation spirituelle et culturelle qui définit l'identité et le rôle dans la société Yoruba.

Les étapes sont créées pour préparer le jeune homme aux responsabilités, aux attentes et aux devoirs d'un homme dans la communauté. Les rituels, les cérémonies et les épreuves qu'affrontent ces jeunes sont conçus pour forger le caractère, renforcer la résilience et inculquer les valeurs de la culture. À travers des épreuves physiques, mentales et spirituelles, ils apprennent la force, le courage, la sagesse et l'engagement envers leur famille et leur communauté. L'initiation consiste à enseigner les traditions, les connaissances et les valeurs transmises depuis des générations. Les jeunes absorbent les coutumes et les contes, comprennent les symboles et les significations derrière chaque geste, chaque récit et chaque tradition. Au terme de ce rite de passage, un jeune homme émerge, transformé.

Il a acquis une perspective nouvelle sur lui-même et sur son rôle dans la société. Il est désormais considéré comme un pilier de sa communauté, prêt à assumer des responsabilités, à être un protecteur, un défenseur et un exemple pour les générations à venir. Il pourra être guerrier, berger, menuisier, l'important étant de contribuer à l'épanouissement du village. Tout est parfaitement organisé au village, les anciens ont pour ainsi dire l'habitude, Djibali veille sans intervenir, il ne faut pas favoriser son fils au détriment des autres, chacun doit mériter sa place. Le rite est constitué d'une série d'épreuves données pour marquer la transition de l'enfance à l'âge adulte. La première épreuve consiste à traverser la rivière, à l'endroit où le courant est fort, cela symbolise la passe entre deux mondes, l'enfance et l'âge adulte.

C'est souvent considéré comme métaphorique, cela incarne la notion de franchissement, de croissance et de transformation. Akoni sait ce qu'il en retourne, il se prépare mentalement et physiquement à cette traversée. Tout au long de cette première épreuve, les garçons sont guidés par les enseignements des anciens, reconnaissant l'importance de cette étape dans sa vie. La rivière, scrutée comme un obstacle à franchir, représente bien plus qu'un cours d'eau physique. Elle symbolise le seuil entre deux états de sa vie, l'immersion dans l'eau est comme un baptême. Djibali donne le départ du premier passage, tout le village s'est déplacé, même ceux des alentours, ils sont des centaines pour apprécier la dextérité des jeunes garçons. Ils se rendent ainsi à la rivière sacrée, les enfants portent un pagne traditionnel qui symbolise leur jeunesse, ils vont devoir l'enlever pour s'immerger.

Devant la rivière, des danseurs commencent à bouger frénétiquement pour encourager les petits, les femmes chantent des mélodies ancestrales qui font l'éloge de la culture Yoruba. Akoni se sent prêt, le regard complice de Zuri le réconforte, ce n'est pas comme s'il ne venait jamais s'amuser sur ces rives. Néanmoins, il est surpris par la force du courant qui déferle comme une vague de l'océan. Les enfants sont tous alignés, ce n'est pas une course mais bien une épreuve à réussir, en cas d'échec, un petit peut retenter sa chance deux fois. Le signal est donné, ils se jettent à l'eau, Akoni accueille fraîchement sa plongée, le contraste avec la chaleur et l'eau glacée est saisissant, mais chacun met du cœur à l'ouvrage. Akoni fait ce qu'il a appris, coordonne ses bras et ses jambes pour ne pas couler.

D'autres sont déjà pris dans des tourbillons, au milieu de la rivière, des guerriers ont pris place dans la maquette grossière d'un crocodile, en apparence, on voit que c'est du bois peint. Mais dans l'eau, les enfants sont en pleine efforts, à leur niveau, ce sont des bêtes en capacité de les dévorer, ce qui ajoute une panique générale. Akoni tente de contourner l'obstacle mais c'est difficile, il arrive tout droit sur l'un de ses faux crocodiles, loin de désespérer, il sait qu'il ne faut pas se laisser prendre, il décide de plonger sous l'eau. Dans le silence aquatique, bien que la visibilité soit moyenne, il distingue clairement les jambes des guerriers manipulant les morceaux de bois, Akoni rit intérieurement de ce tour, il engage une brasse pour passer en dessous, la natation a toujours été son point fort. Quand il ressort la tête, il est presque arrivé.

Mais sur la rive, une surprise l'attend, ils ont dressé un immense filet pour empêcher de débarquer, on a expliqué aux petits qu'il fallait impérativement venir prendre une pierre polie, symbolisant la réussite à ce passage. Ces pierres sont disposées sur un tronc massif, cela semble simple d'apparence, mais le filet complique tout, surtout quand on est déjà bien fatigué par la traversée. Akoni réfléchit très vite, derrière lui, les cris sont nombreux, beaucoup ont été pris par les faux crocodiles et se débattent comme ils peuvent. Le filet est proche, comment le contourner ? Akoni plonge une nouvelle fois, à sa grande surprise, ils ont planté l'obstacle jusqu'au fond de la rivière. Il ne va pas pouvoir passer par-dessous, cela aurait été trop simple, Akoni reprend son souffle, arrivant tout droit dans le filet.

Il se laisse prendre par les cordes, il ne faut surtout pas couler. Un autre garçon n'a pas la même idée, il pense pouvoir passer entre les mailles, mais c'est impossible, le voilà totalement coincé tandis qu'Akoni s'agrippe au filet pour récupérer un peu. L'autre garçon panique, commence à boire de l'eau, non loin, les guerriers veillent, personne ne bouge, le rite est le rite. Akoni s'approche pour l'aider, il le sort de l'eau pour le positionner sur l'une des cordes, lui rappelant qu'il ne faut surtout pas lutter contre le mouvement mais se laisser porter. Les deux amis sont exténués, d'autres commettent exactement la même erreur, c'est presque dix enfants qui sont pris dans la tourmente, Akoni redouble d'efforts pour aider chacun d'eux. Djibali apprécie la scène par un sourire affirmé. Ce rite est clair, il faut traverser la rivière mais la façon dont on le fait conditionne aussi la réussite.

Akoni manque de couler sous la pression des autres qui vont tous se coincer dans le filet. Maintenant que chacun est ancré sur une corde, Akoni donne des ordres comme un petit chef, il explique comment il faut passer par-dessus cet obstacle, motive les autres en désignant la rive très proche, ce passage est bientôt terminé. Personne ne doit faiblir, Akoni montre l'exemple en escaladant les quelques mètres de cordages à la force des bras. Après des efforts impossibles, chaque enfant passe enfin le dernier obstacle, sous l'œil protecteur d'Akoni, il ne manque plus que quelques mètres pour atteindre la rive, c'est le plus difficile après toute cette fatigue accumulée. Lorsque Akoni et les autres enfants réussissent officiellement à traverser la rivière, une onde de soulagement et de fierté parcourt les habitants du village.

Djibali, représentant l'autorité et la sagesse dans la communauté Yoruba, est là pour les accueillir sur la rive. Les éclats de joie et les applaudissements saluent la réussite de cette première épreuve. Le roi, témoigne de sa satisfaction et de sa fierté, félicitant personnellement chaque jeune pour avoir franchi cet obstacle symbolique. Les festivités qui suivent célèbre la réussite collective, soulignant l'importance de l'unité et du soutien mutuel au sein de la communauté. Akoni, qui a apporté son aide aux autres enfants pour franchir la rivière, a été spécialement honoré pour son altruisme et sa générosité. Le Roi est fier, mais le père encore plus. La musique résonne dans le village, les danses joyeuses emplissent l'air d'une énergie contagieuse. C'était un moment de célébration, d'unité et de reconnaissance mutuelle, renforçant les liens au sein de la communauté et soulignant la valeur de l'entraide et du partage, des piliers fondamentaux de la culture Yoruba.

Le succès de cette première étape du rite de passage a renforcé le courage et la détermination d'Akoni ainsi que des autres jeunes. C'est le commencement d'un parcours vers l'âge adulte, marqué par l'apprentissage, la solidarité et le respect des traditions anciennes. La fatigue domine les petits, bien qu'ils soient fiers de cette première journée, la suite s'annonce cocasse, le répit sera de courte durée. Chacun s'endort, pensant aux faux crocodiles, à ce satané filet, mais c'est le courage d'Akoni qui marque tout le monde, demain, il va falloir se tenir prêt car c'est une nouvelle épreuve qui s'annonce et elle est un peu plus marquée que la précédente. Au matin, le petit déjeuner est des plus copieux, les enfants sont tous réunis sur la place, totalement repus par ce repas, à chaque rite, les épreuves se distinguent pour éviter aux plus petits d'avoir connaissance du déroulé.

Ainsi, les anciens imaginent toutes sortes de pièges pour tester les enfants et leur donner les bases d'une éducation solides. Le nouveau passage est annoncé par Djibali lui-même, Akoni et les autres enfants sont maintenant confrontés à un défi supplémentaire : affronter leurs peurs dans une grotte sacrée. Tout le monde s'étonne de cette épreuve, de mémoire, elle n'a jamais figuré dans les rites. Cette caverne est redoutée des enfants, on leur dit depuis qu'ils sont petits qu'il ne faut jamais s'y aventurer, même si Akoni est espiègle, il a toujours respecté cette consigne. Des murmures montent des villageois, certains disent qu'un monstre vit dans les lieux, qu'il ne faut pas le défier, au risque de ne jamais ressortir de la grotte. Djibali prend la tête du long cortège, les chants se font rares, cela ajoute une ambiance particulière, presque grave, mais les enfants restent courageux, Akoni en tête, et tous marchent vers ce nouveau passage.

La grotte est assez éloignée, à la lisière de la grande forêt, les animaux y sont maîtres, ce ne sont pas des endroits que l'on fréquente habituellement, mais cela fait partie des coutumes. Lorsqu'ils arrivent enfin devant l'entrée, des guerriers sont postés à l'entrée gigantesque et ténébreuse, portant des masques tribaux, l'ensemble des armes Yorubas, pour montrer que le danger est réel en pénétrant dans les lieux, il faut donc rester vigilant et ne pas perdre la foi dans les ancêtres. Les enfants se tiennent prêt pour entrer, Djibali donne alors un ordre singulier, un guerrier apporte une longue corde. La décision est prise, ils vont être attachés tous ensemble, puisque Akoni a aidé les autres à la rivière, c'est lui qui prend la tête de la colonne, la dizaine se retrouve liés les uns aux autres. La peur est visible sur bien des visages, mais personne ne recule.

Les tambours résonnent, c'est le signal pour l'entrée, guidés par les par les aînés, ils avancent dans la grotte, où l'obscurité règne en maître. La noirceur semble engloutir chaque son, créant une atmosphère épaisse de mystère et de tension. Le but de cette épreuve est de tester leur courage, leur maîtrise de soi et leur force intérieure. Dans cet environnement oppressant, les jeunes se retrouvent confrontés à des représentations symboliques de leurs peurs les plus profondes. Des murmures dans l'obscurité, des bruits étranges et des échos de voix semblent surgir des recoins sombres de la grotte. C'est un test mental autant que physique. Certains d'entre eux doivent faire face à leurs peurs les plus intimes, à leurs incertitudes, à leurs doutes. C'était un défi personnel, une confrontation avec leurs démons intérieurs.

Pourtant, ils sont soutenus par la présence rassurante des aînés, qui les observent, les encouragent, sachant que ce rituel est essentiel pour forger la détermination, la résilience et la maîtrise de soi chez ces jeunes en devenir. Mais tout se complique soudainement, car les enfants sont désormais livrés à eux même, les ainés viennent de disparaitre dans l'obscurité. Il va falloir se montrer solidaire, ne pas flancher, Akoni rassure les autres, mais les ténèbres se font plus dense, la lumière a disparue. Dans la noirceur suffocante de la grotte, Akoni et les autres enfants progressent avec prudence, toujours reliés par cette corde qui symbolise leur unité. L'air est lourd de tension, les cœurs battent à l'unisson, emplis de détermination pour relever ce défi. Chaque pas est une épreuve de courage. Des échos étranges résonnent, créant une atmosphère angoissante.

Les enfants, bien que tendus, se serrent les uns contre les autres, s'encouragent mutuellement à trouver une issue. Car la consigne est claire, il faut ressortir de cette grotte par n'importe quel moyen. C'est un labyrinthe sombre et inquiétant, semblant sans fin. Des murmures imaginaires paraissent guider leur progression, tandis que le bruissement des pieds sur les cailloux fait écho à travers le dédale souterrain. La peur envahit doucement le cœur de ces enfants, Akoni sait que c'est une épreuve, il reste ferme, disant aux autres qu'ils ne courent aucun danger. A cet instant précis, venant de nulle part, une griffe gigantesque essaye de les frapper, les cris ne tardent pas, chacun cherche un refuge pour se protéger, mais la corde empêche toute dispersion. Puis des lances sortent de l'ombre pour les piquer, Akoni comprend, malgré l'absence de visibilité que ce sont des guerriers qui ont été placés pour les effrayer, comme dans la rivière.

Il doit trouver une stratégie, il ordonne à chacun de se placer en cercle, dos à dos, pour continuer la progression. Ils avançaient lentement, chaque pas devenant une conquête face à l'obscurité. La peur est présente, mais la détermination les pousse à continuer. Ils savent que réussir est crucial, pour leur reconnaissance en tant qu'hommes dans la communauté Yoruba. Au fil de leur progression, une lueur d'espoir se fait voir. Un mince rayon de lumière perce l'obscurité. Leur persévérance commence à être récompensée, symbolisant la fin de cette épreuve et la réussite imminente du rite. Mais rien n'est jamais acquis dans ce passage, soudainement, des hurlements se font entendre, cela ressemble à des grognements.

La panique s'empare des enfants, même Akoni se met à douter, une bête sauvage a peut-être pris place dans cet antre, les aînés ne l'auront pas vu.

Le danger est réel selon eux et personne ne peut savoir si cela fait partie du passage. La corde qui les lie, tel un lien invisible de solidarité, leur fournit un sentiment de soutien et de connexion profonde, renforçant leur détermination à traverser cet éprouvant défi. Mais la peur domine tout le groupe à présent, l'un des enfants trébuche, entraînant les autres avec lui, Akoni essaye de s'agripper à la roche mais le voilà à terre avec les autres. Les cris se font de plus en plus proche. Chacun imagine que c'est une bête redoutable, qui attendait leur arrivée pour faire d'eux un repas. Akoni ne veut pas subir l'épreuve, il se relève avec l'énergie du désespoir, motive encore plus ses amis, ils ne doivent pas rester sur place, il faut avancer. Ils reprennent la marche à pas rapide, et un souffle d'air frais leur parvint. La sortie tant recherchée se matérialise devant eux.

Après cette épreuve mentale et émotionnelle, une lumière éclatante surgit, annonçant la sortie de la grotte. Avec un mélange de soulagement et de triomphe, Akoni et les autres enfants ont réussi à vaincre leurs peurs, prêts à affronter les prochaines étapes de leur rite de passage avec une nouvelle confiance. Les visages des enfants, bien que marqués par l'expérience, reflètent une nouvelle détermination, une assurance née de la confrontation avec leurs peurs les plus profondes. Ce rite dans la grotte a été une épreuve éprouvante mais nécessaire pour leur développement. Ils en ressortent avec une nouvelle compréhension de leurs capacités, renforcés par le courage dont ils avaient fait preuve dans la face de l'adversité. Chacun est félicité par l'ensemble des hommes du village ; mais une surprise les attend.

Tous pensent pouvoir avoir un repos bien mérité, quelques douceurs sucrées pour récupérer de ce qu'ils considèrent comme la pire des épreuves jusqu'ici. Etrangement, les visages des anciens sont fermés, Djibali fait une annonce fracassante,

— Vous êtes les dignes fils du peuple Yoruba, gloire aux ancêtres ! Devant les menaces qui s'annoncent, nous devons poursuivre le rite. Il n'est pas terminé, quand vous devrez défendre le peuple, parfois, vous serez fatigués comme maintenant ! Le lit est un merveilleux refuge, mais les batailles peuvent durer des jours voir des semaines ! Courir, nager, chercher son chemin dans l'obscurité, il faut pouvoir se défendre ou riposter ! Nous allons donc prendre la suite, est venu le temps de la chasse, prenez vos armes, vous ramènerez de quoi manger au village !

Les enfants accusent le choc de cette nouvelle, même Akoni est exténué, mais on ne désobéit jamais au Roi, surtout pas son fils. La chasse, pour la culture Yoruba, représente la maîtrise des compétences nécessaires pour fournir de la nourriture à sa famille et à sa communauté. C'est un test de compétence, de force, de patience et de persévérance. Les animaux ne manquent pas autour du village, les prédateurs non plus, car quand on blesse une proie, cela revient à sonner le festin pour l'ensemble des bêtes en quête d'un bon repas. Les guerriers déposent des armes devant les enfants, arcs, machette, lances, boucliers. Akoni prend une épée tandis que les autres réfléchissent, on dit toujours chez les Yorubas qu'on ne choisit pas vraiment son arme, que depuis la naissance elle vous connaît, et attend simplement votre venue, pour devenir l'extension de votre courage.

Djibali est un maître de l'épée, son fils marche donc dans ses pas. Ce rite se passera en binôme, on ne peut pas laisser un enfant seul s'aventurer auprès du danger qui peut survenir à tout moment. Pour ne désavantager personne, c'est le Roi lui-même qui forme les duo, prenant le soin de placer les plus faibles avec les meilleurs. Akoni se voit confier d'Adewale, son cousin qui est plus passionné par les peintures, les danses, que par la chasse où les armes. Le départ est donné, les duos partent chacun dans des directions données par les anciens. Pour Akoni et son compère, ce sera la vaste plaine, tandis que certains marchent, notre binôme se met à courir pour se donner du courage et une certaine prestance. Akoni brandit fièrement son épée, symbole de force et de bravoure, Adewale tient délicatement un arc, révélant son talent artistique.

La plaine s'étend devant eux, un monde mystérieux où la nature et l'homme s'entremêlent. Akoni, habitué à la rigueur de la chasse, sent l'excitation monter en lui, mais Adewale, avec son esprit créatif, regarde la plaine d'un œil différent. Akoni est déterminé, il l'affirme sans détour,

— Mon cousin, ensemble, nous allons démontrer notre force et notre habileté !

Adewale sourit,

— Je ne suis pas fait pour la chasse, mais je vais bien apprendre. Après tout, quand tu seras le Roi, tu pourras te souvenir de cette aventure, me soutenir quand je devrais partir chercher des instruments rares à travers l'Afrique !

Akoni grimace quelque peu, mais l'amitié de son cousin est le respect mutuel, ont toujours marqué leur relation. les deux garçons se lancent dans la plaine. Les herbes ondulent sous le vent, et le soleil projette des ombres danseuses sur le sol. Akoni avance prudemment, tandis qu'Adewale, plus réservé, suit son propre rythme. Soudain, un bruissement dans les buissons attire leur attention. Des buffles sont en train de se repaitre de l'herbe grasse, Akoni sent la belle affaire, ce serait un merveilleux trophée, il commande à son cousin,

— Si on ramène ça, on chantera des chansons pour nous, tu peux me croire !

— Je te crois, puisqu'on sera mort !

— Qu'est-ce que tu veux dire ?

— Je ne suis pas un chasseur, ni un guerrier, mais je sais depuis la naissance qu'on ne s'attaque ni aux buffles, ni aux éléphants ! Trouvons plutôt une pintade qui sera plus facile à chasser !

— La gloire appartient aux audacieux, reste derrière moi en silence !

La lumière du soleil filtre à travers les feuilles, peignant un tableau vivant de la nature sauvage. Akoni, déterminé et les yeux brillants d'excitation, a un objectif en tête. Il serre fermement la poignée de son épée. Adewale, dont la fibre artistique est sans pareille, demeure un bon observateur de la nature. Il ressent une tension dans l'air,

— Akoni, je ressens quelque chose, une énergie dans le troupeau. Soit prudent, car la nature parle, et là, elle semble agitée.

Mais l'excitation d'Akoni ne connaît pas de limites. Il se persuade que chasser un buffle serait un acte héroïque, une démonstration de sa bravoure et de sa force. Il ignore les avertissements d'Adewale et se faufile plus près du troupeau. Les buffles, sereins et paisibles, paissent toujours dans l'herbe tendre. Akoni, les yeux fixés sur sa proie potentielle, avance lentement, l'épée à la main. Adewale, préoccupé, garde un œil vigilant sur les mouvements du troupeau. Soudain, le vent change, portant l'odeur d'Akoni vers les buffles. L'un d'eux, alerté, lève la tête et émet un grognement puissant. Le troupeau devient agité, les muscles tendus et les yeux fixés sur l'intrus.

— Reste en arrière, Adewale, je vais montrer mon courage à ces animaux, ils sauront qui est le maître !

Murmure Akoni, mais ses paroles sont presque couvertes par le grondement des buffles.

Avant qu'Adewale ne puisse intervenir, Akoni charge imprudemment vers le troupeau, son épée étincelant au soleil. Les buffles, maintenant alertés et effrayés, se mettent en mouvement. Adewale, anxieux, se prépare à intervenir au cas où le danger se concrétiserait. La situation devient tendue, la frontière entre la bravoure et le danger s'amincit. Akoni est dans une course contre la nature, déterminé à prouver sa vaillance, tandis qu'Adewale, conscient des avertissements non écoutés, se tient prêt à réparer les erreurs qui pourraient survenir. La plaine vibre d'une énergie électrique, et le destin des deux amis est suspendu dans l'équilibre fragile entre la détermination et la prudence. Les buffles, alertés par l'intrusion d'Akoni, se rassemblent en un tumulte de mouvements puissants.

Les sabots frappent le sol, soulevant des nuages de poussière. Akoni, insensible à la tension croissante, s'approche dangereusement du troupeau. Adewale, conscient du danger imminent, prend une profonde inspiration et se précipite vers Akoni.

— Akoni, reviens ! Le troupeau est en alerte, c'est de la folie, ça devient trop dangereux !

Mais l'obstination d'Akoni résonne plus fort que les avertissements de son cousin.

— Je peux le faire, Adewale ! Le village va savoir qui je suis vraiment !

Juste au moment où Akoni se prépare à lancer son attaque, un immense buffle, visiblement le chef du troupeau, se détache du groupe. Ses yeux lancent des éclairs, et ses cornes impressionnantes sont prêtes à défendre les siens. Adewale, anticipant le pire, se met devant Akoni.

— Arrête, Akoni ! Ce n'est pas ça le courage. La nature nous a avertis, ne défie pas son équilibre.

Le buffle, dans un élan de puissance, charge en direction d'Akoni. Le sol tremble sous ses pas, et la réalité de la situation frappe Akoni. Il recule précipitamment, réalisant la gravité de son imprudence. Adewale, avec une rapidité surprenante, saisit la main d'Akoni et le tire hors de la trajectoire du buffle. Le duo s'éloigne rapidement, se réfugiant dans les hautes herbes pour échapper à la colère du troupeau. Les buffles, après avoir défendu leur territoire, retrouvent leur calme, reprenant leur paisible pâturage. Akoni, à la fois reconnaissant et humble, regarde Adewale avec une nouvelle compréhension,

— Tu avais raison, Adewale. La nature parle, et nous devons apprendre à écouter. La bravoure n'est pas dans la témérité, mais dans le respect de l'équilibre qui nous entoure.

Adewale sourit, un mélange de soulagement et de sagesse dans ses yeux.

— La nature nous offre ses leçons, Akoni. Nous sommes forts, mais seulement lorsque nous comprenons notre place dans le monde !

Les deux amis s'éloignent prudemment, toujours en quête d'une proie à chasser, Akoni ne veut pas rentrer sans rien dans son sac de toile. Tandis qu'Adewale ne cesse de sourire,

— Je t'avais dit qu'il fallait chercher une pintade, au moins elles ne marchent pas en troupeau !

Akoni n'écoute même pas, préférant scruter la plaine, les voilà rampant à présent, cherchant un gibier volant. Adewale utilise son arc pour créer des motifs dans l'air, capturant l'essence artistique du moment. Akoni est blasé, il attend toujours le bon moment pour agir. Finalement, un bruit caractéristique dévoile une bande de volatiles, ce sont les fameuses pintades. Voici donc le moment opportun qui se présente enfin. Dans un geste coordonné, Adewale tire avec précision, guidé par son intuition artistique. Il touche une pintade au vol, puis une seconde. Akoni essaye tant bien que mal d'utiliser son épée pour finaliser la chasse. Mais finalement, c'est l'artiste qui fait la plus belle prise. Le duo a réussi le rite de passage d'une manière unique, fusionnant la force et la créativité. Ils rentrent au village, portant fièrement leur succès, symbolisant la diversité des talents qui peut coexister dans la culture Yoruba.

3. RESISTER

Akoni et Adewale, revenus au village, partagent leur aventure avec les anciens et les membres de la communauté. Ils ne cachent rien, la vérité est un principe chez les Yorubas. Les sages écoutent attentivement, reconnaissant dans l'histoire des enseignements sur la sagesse, l'humilité et le respect envers la nature. Djibali observe son fils avec un mélange de fierté et de compréhension. Il sait que cette expérience a marqué Akoni d'une manière profonde, le transformant en un jeune homme plus réfléchi. Au fur et à mesure, l'ensemble des enfants revient au village, certains n'ont rien pu prendre lors de la chasse, d'autres reviennent même avec des œufs. L'essentiel est ailleurs, tous sont réunis autour du feu, la soirée s'annonce par un voile d'obscurité. Les sages vont discuter de la signification de cette aventure.

Ils décident de transformer l'histoire d'Akoni et son cousin en une leçon, soulignant l'importance de l'harmonie avec la nature et la nécessité de reconnaître nos propres limites. Adewale, qui jusqu'ici était toujours vu comme un original, est désormais respecté pour sa sensibilité artistique et sa compréhension de la nature. Djibali annonce fièrement que celui-ci va devenir un intermédiaire entre les jeunes et les anciens. Auprès de lui, les enfants vont pouvoir apprendre la nature qui les entoure. Interpréter ses signes subtils, et comprendre que la bravoure ne réside pas seulement dans la force physique, mais aussi dans la sagesse. Akoni, humble et reconnaissant, s'engage à transmettre ces leçons à la génération suivante. Il devient un exemple vivant de la façon dont l'expérience peut enseigner la modestie et la compréhension.

Ainsi, l'histoire d'Akoni et Adewale, commencée comme une aventure imprudente dans les plaines, se transforme en une leçon durable pour le village. Les enfants écoutent attentivement les récits des deux amis, comprenant que la nature parle à ceux qui sont prêts à écouter, et que la véritable bravoure réside dans le respect et l'harmonie avec le monde qui nous entoure. La plaine, jadis le théâtre de l'impétuosité, devient maintenant un lieu d'apprentissage, où les leçons de la nature sont gravées dans le cœur de chaque jeune esprit. La nuit tombe paisiblement, chacun regagne sa hutte, plein de rêves en tête, demain se tiendra la cérémonie pour ceux qui étaient encore des petits garçons.

Le soleil d'or baigne le village de Dabeya alors que la journée tant attendue a finalement sonné. Djibali, le sage se tient au centre, entouré d'une atmosphère solennelle. Les jeunes initiés, dont Akoni, se tiennent en ligne, l'excitation et l'appréhension mêlées dans leurs yeux. Djibali, vêtu de parures royales, observe les jeunes hommes avec bienveillance. Il sait que ce moment marque un tournant crucial dans leurs vies. Les anciens du village, assis en cercle, attendent avec anticipation le rituel qui va confirmer la transition de ces garçons vers l'âge adulte,

— Mes jeunes fils, vous avez traversé les épreuves, surmonté les défis, et la nature elle-même a marqué votre passage. Aujourd'hui, nous allons sceller cette transformation.

Annonce Djibali d'une voix forte et riche en autorité. Il fait un signe de la main, et un groupe d'artisans du village s'avance, portant des colliers en perles et en bois finement travaillés. Chaque collier est unique, reflétant la personnalité et les qualités individuelles des jeunes hommes. Djibali, avec une gravité mêlée d'une pointe de sourire, commence à remettre les colliers.

— Que ces colliers symbolisent votre passage dans le monde des hommes. Ils portent l'histoire de notre village, la sagesse de nos ancêtres, et l'espoir de notre futur. Car vous êtes des Yorubas, dignes et fiers!

Les ornements sont placés avec soin autour du cou de chaque jeune homme, et le village retentit de claquements de mains et de chants festifs. Akoni, recevant le sien avec fierté, sent le poids de la responsabilité sur ses épaules. Une fois les colliers remis, Djibali prend la parole de nouveau,

— En tant qu'hommes de Dabeya, on attend de vous qu'une nouvelle phase de service commence. Protégez nos traditions, soyez les gardiens de la sagesse ancienne, et guidez la génération à venir.

Il regarde chaque homme dans les yeux, les yeux empreints d'expérience rencontrant les regards empreints de promesse.

— Vous êtes les piliers de notre communauté. Que chaque action que vous entreprenez soit guidée par l'amour pour notre village et le respect de la nature qui nous entoure.

Ainsi, dans l'éclat du soleil et les acclamations du village, Akoni et ses pairs acceptent le rôle d'hommes de Dabeya. Les colliers témoignent de leur engagement envers la tradition, et le village regarde avec espoir vers un avenir façonné par ces nouveaux gardiens de la culture et de la sagesse. La journée se termine dans la célébration, mais aussi dans la réalisation solennelle que leur chemin vers l'âge adulte est également un engagement envers la préservation et la prospérité de Dabeya.

La lueur douce des braises dans la hutte de Dabeya projette une ambiance chaleureuse tandis qu'Akoni et sa mère s'installent pour une conversation paisible. Les battements lointains des tambours célèbrent la réussite aux rites de passage, ils se mêlent aux murmures de la nuit, créant un fond sonore enveloppant le village. Adunola, le regard empreint de fierté et de tendresse, observe son fils, désormais orné du collier signifiant son entrée dans l'âge adulte. Akoni, assis en face d'elle, émane une énergie renouvelée, un mélange d'insouciance enfantine et de responsabilité nouvellement assumée, Akoni s'exprime alors d'une voix pleine de réflexion,

— Ma mère, je me sens différent maintenant ! Le rite a changé quelque chose en moi, comme si une nouvelle force habitait mon cœur.

Adunola sourit, caressant doucement le visage de son fils,

— Ce rite est un lien sacré entre notre passé et notre avenir. Il t'a donné une identité plus profonde, une connexion avec ceux qui ont marché avant toi. C'est une source de force, mais aussi de responsabilité.

Les yeux brillants, il écoute attentivement les paroles de sa mère.

— Tu es maintenant un homme de Dabeya, donc un gardien de nos traditions et de notre peuple. Mais n'oublie jamais que la sagesse et la compassion guident le véritable pouvoir. Le collier que tu portes n'est pas seulement une décoration, c'est un fardeau et une bénédiction.

Elle fait une pause, laissant ses mots s'inscrire dans le silence de la hutte.

— Tu es prêt à affronter les défis, mais reste humble, mon fils. Sois toujours prêt à apprendre, à grandir, et à partager la sagesse que tu accumuleras.

Akoni acquiesce, sentant le poids de la responsabilité sur ses épaules, mais aussi la chaleur de l'amour maternel qui l'entoure. La voix d'Adunola s'adoucit pleinement,

— Je veillerai sur toi autant que possible, mais le chemin que tu empruntes est le tien. Marche avec courage, honneur, et surtout, avec le respect de tes ancêtres et de notre village.

La nuit avance, mais le dialogue entre mère et fils se prolonge, tissant des liens intangibles entre deux générations. Dans la quiétude de la hutte, Akoni et sa mère partagent les promesses de demain, scellant ainsi un moment inoubliable dans l'histoire de Dabeya. Tout le monde s'endort, mais sous le voile étoilé de la nuit, Zuri s'approche discrètement de la hutte d'Akoni. Les murmures de la nuit et les ombres dansantes accompagnent ses pas feutrés. À l'entrée de la hutte, elle fait signe à Akoni de la rejoindre dehors, où la magie du ciel nocturne les attend. Akoni, toujours vibrant de l'énergie de son rite, se lève doucement, conscient de la présence de son amie. Ensemble, ils s'aventurèrent dans l'obscurité, s'éloignant des lumières du village pour se perdre dans la splendeur silencieuse de la nuit. Sous le manteau étoilé, Zuri émit un chuchotement joyeux,

— Félicitations pour ton rite. J'ai vu les feux danser et les tambours résonner. C'est comme si le village entier célébrait ta nouvelle étape.

Akoni est heureux,

— Merci, Zuri. C'est une nuit que je n'oublierais pas. J'ai l'impression que quelque chose de plus grand m'attend, comme si les étoiles elles-mêmes avaient des histoires à me raconter.

Zuri se laisse tomber dans l'herbe douce, invitant Akoni à faire de même. Ils lèvent les yeux vers la voie lactée étincelante, s'imprégnant de la grandeur mystique du firmament.

— Regarde, Akoni, vois-tu ces étoiles là-bas ?

Demande Zuri en pointant vers une constellation brillante.

— Oui, je les vois. Qu'est-ce qu'elles nous racontent cette nuit ?

Zuri, laisse son imagination errer parmi les étoiles, commence à tisser des histoires de mondes lointains et d'aventures à venir. Ils partagent des rires et des rêves, oubliant les contraintes du temps dans ce coin enchanté du village.

— Un jour, nous serons comme ces étoiles, on va briller dans l'obscurité, porteurs d'histoires et de promesses, nos descendants pourront s'inspirer de nous.

Akoni acquiesce, sentant le lien spécial qui les unit et les possibilités qui s'étendent devant eux. Ils continuent à converser sous le ciel étoilé, deux âmes connectées par l'amitié, la célébration et les étoiles veillent silencieusement sur leur avenir pendant que Dabeya s'endort en paix. Chacun rejoint sa couche, avec toute cette agitation, le repos est le bienvenue. Au matin, le crépuscule enveloppe le village, baignant les huttes dans une lumière dorée. La joie résonne dans l'air alors qu'Akoni, tout juste sacré homme, se réveille doucement. Les célébrations du rite de vont se poursuivre encore quelques jours à Dabeya, lorsqu'un tumulte soudain brise l'harmonie. Des paysans, épuisés et visiblement troublés, apparaissent à l'orée du village. Leurs visages marqués par la peur trahissaient l'urgence de leur quête.

Ils se dirigent rapidement vers le centre du village, cherchant le Roi, le gardien sage de Dabeya. Ils sont une centaine venant de toute la région. Certains sont blessés. Djibali arrive enfin, accompagné de sa délégation. Akoni sort brutalement de ses rêveries, sa mère lui ordonne de sortir sans attendre pour se tenir à côté de son père. Sans rien comprendre à ce qui se passe, il se lève et obéit à sa mère. Djibali prend place sur son siège avec une expression grave en voyant les visiteurs anxieux. Les rythmes festifs s'atténuent alors que les regards inquiets se croisaient. Le silence s'installe, l'un des paysans prend la parole,

— Ô Roi Djibali, lumière des milles guerriers Yoruba. Nous venons d'au-delà des collines, attaqués par des portugais. Nos villages sont en danger, et nous recherchons du secours. Ils ont pris beaucoup des nôtres !

Les murmures se propagent dans l'assemblée, laissant un voile de préoccupation sur le visage des villageois. Djibali, unificateur et protecteur de Dabeya, comprend immédiatement la gravité de la situation. Il adresse un regard bienveillant à son fils qui vient de se joindre à l'assemblée, écoutant religieusement,

— Ce sont des événements très grave que vous êtes venu rapporter, qu'on amène de l'eau pour eux. Avant toute chose, racontez-nous ce qui s'est passé !

Les paysans commencent alors à détailler le raid brutal des portugais, les incendies qui dévastent leurs villages, les cris de détresse des familles. Des familles entières dévastées, les femmes et les enfants enlevés, attachés comme des bêtes pour disparaitre dans un nuage de poussière. L'ombre menaçante des esclavagistes jette un voile sombre sur la quiétude des collines voisines. Djibali, empreint de sagesse et de détermination, se tourna vers son peuple.

— Le danger est à nos portes, mais la force de nos Yoruba réside dans notre unité. Nous ne resterons pas indifférents devant l'oppression. Préparons-nous à défendre nos voisins et à protéger notre foyer.

La journée qui a commencée par des festivités prend un tournant inattendu alors que le village se mobilise pour répondre à l'appel à l'aide. Akoni, fraîchement initié à l'âge adulte, se tient aux côtés des guerriers du village, son cœur vibre d'un nouvel esprit de défense et de solidarité. Ainsi, le village de Dabeya, jadis enveloppé de paix, se prépare désormais à affronter les défis qui se dressent sur son chemin. Les armes sont mis en préparation, les tambours résonnent, et la journée qui aurait dû être celle de la célébration, devint celle de la préparation pour la guerre. Une tension se répand dans le village, Djibali réunis son conseils pour préparer ce qui va suivre. En Roi sage et avisé, il informe de sa décision, envoyer des éclaireurs pour en savoir plus sur les portugais. Aussitôt, Akoni demande à être volontaire pour cette mission pleine de danger.

Djibali est pris au dépourvu, il sait que son fils est imprégné du nouveau statut d'homme qu'il a acquis lors de son rite. Il réfléchit longuement, semble analyser les conséquences, fixe son fils avec intensité, s'exprime enfin,

— Akoni, tu as mon respect et ma confiance. Tu vas accompagner nos éclaireurs, apprends ce que tu peux sur ces étrangers. Notre destin repose sur la connaissance.

Akoni est honoré de la confiance de son père, il se joint donc à l'équipe d'éclaireurs qui se préparent déjà à quitter le village. Oyeniyi, l'un des Guerrier les plus respecté de Dabeya est désigné pour mener cette mission, il est expérimenté. Le temps étant compté, il réunit la dizaine d'éclaireurs dont Akoni dans un cercle devant la hutte principale du Roi. Les tambours résonnent en toile de fond, rythmant la gravité de la situation. Oyeniyi, dont le regard perçant exprime la détermination, s'adresse à l'ensemble de son équipe. Prenant une voix grave pour signifier l'importance de son propos,

— Nous sommes les gardiens de Dabeya, les yeux et les oreilles du peuple. Djibali nous confie une tâche cruciale, et chaque information que nous rapporterons pourra faire la différence. Personne ne prend d'initiative, on progresse en silence, nous sommes en chasse !

Il pointe vers Akoni.

— Akoni, tu es l'un des nôtres maintenant. Djibali a confiance en son fils, et nous te confions une part de la responsabilité. Tu es jeune, mais tu as prouvé ta détermination dans la rivière et la grotte. Nous avons besoin de tes yeux aiguisés et de ta perspicacité. Celle que tu as mis en œuvre devant les buffles!

Akoni acquiesce, le cœur battant avec fierté et détermination. Oyeniyi continue d'expliquer la stratégie : observer discrètement, noter les mouvements des Portugais, compter les armes et revenir avec des informations précises pour informer Djibali des intentions des étrangers. Oyeniyi souligne l'importance de la discrétion et de la prudence par un rappel solennel,

— Chacun de nous représente l'espoir de Dabeya, et nous devons être les ombres, les fantômes dans la nuit, recueillant des fragments de vérité qui guideront nos décisions futures. Car ce sont des marchand d'hommes que nous allons observer, ils seront sans pitié si l'un de nous est pris, chacun doit veiller sur son frère.

La mission est claire, et Akoni sent le poids de la responsabilité, mais aussi l'inspiration de servir son village. Oyeniyi conclut la réunion en rappelant à chacun l'importance de l'unité et de la confiance,

— Que les ancêtres guident nos pas. Partons avec ce sentiment de détermination qui font de nous des Yorubas. Revenons avec les connaissances qui protégeront notre foyer.

L'équipe se disperse silencieusement, chacun se prépare mentalement pour la mission qui les attend. Akoni, aux côtés d'Oyeniyi, sentit la force de sa communauté derrière lui, prêt à relever le défi qui se dresse devant eux. La marche est longue, ils prennent ses sentiers facilement repérables, progressent en silence sous un soleil de plomb. Le silence est de mise, personne ne va le briser, de la fumée apparaît au loin, elle est épaisse et sombre. Oyeniyi fait marquer une halte, murmure,

— C'est Ilara, allons voir s'il y'a des survivants pour les secourir, soyez tous prudents !

Akoni se risque à un commentaire prudent,

— J'ai toujours appris que les marchands d'esclaves ne viennent pas au nord du royaume, que font-ils ici ?

— Ils iront là où les innocents sont disponibles !

La discussion est close, le groupe d'éclaireurs s'approchent du village Yoruba avec une appréhension grandissante. À mesure qu'ils s'avancent, le paysage dévoile les stigmates d'une tragédie récente. Des colonnes de fumée s'élevent dans le ciel, signe une destruction totale. À l'orée du village, le silence pesant contraste avec les cris et les échos des vies brisées. Oyeniyi, le visage grave, lève la main pour signaler l'arrêt du groupe. Akoni, le cœur lourd, fixe le spectacle déchirant devant lui. Le village d'Ilara, autrefois vibrant de vie, est désormais réduit à des ruines fumantes. Les huttes ont toutes été détruites, les cultures piétinées, et la tristesse flotte dans l'air. Des traces de lutte sont visibles, témoignant de la résistance acharnée contre une force écrasante. Oyeniyi murmure, sa voix porte le poids de la tragédie,

— Les Portugais sont passés par ici. Leur soif de pouvoir n'a laissé que des cicatrices sur notre terre. Je vous ai prévenu, ils seront sans pitié avec les nôtres, ne vous laissez pas prendre vivant, sinon on ne vous reverra jamais !

Akoni, le regard brûlant de volonté, observe les dégâts avec colère. Le groupe d'éclaireurs avance prudemment à travers les vestiges du village, cherchant des indices, des survivants ou des réponses. Chaque pas résonne comme un serment silencieux de ne pas oublier, de ne pas permettre que de tels actes restent impunis. Dans l'ombre des ruines, ils découvrent des témoignages poignants de la résistance yoruba. Des armes abandonnées, des traces de lutte acharnée. Les murmures du vent semblent porter les échos des cris de ceux qui se sont battus pour leur liberté. Oyeniyi pose une main sur l'épaule d'Akoni.

— Notre devoir est de rapporter cela à ton père, car chaque village qu'ils ont ravagés renforce notre détermination à défendre notre terre.

Akoni acquiesce, ses yeux reflètent la détermination d'un jeune homme prêt à se dresser contre l'oppression. Ils quittent le village, emportant avec eux le poids de cette découverte, prêts à confronter l'ennemi et à protéger ce qui reste de leur foyer. La longue marche reprend, la nuit reprend ses droits, les esprits sont tourmentés par ce qu'ils ont vu, mais personne ne dit rien, après plusieurs heures, en repérant les traces laissées par le grand convois de l'armée portugaise. Ils arrivent à destination. Un immense campement fait de tentes en toiles est visibles, les portugais sont en train de construire un fort de bois. Désormais, ils sont en territoires ennemis, chacun doit faire attention à son voisin, ils se glissent silencieusement à travers les sentiers boisés, évitant les regards indiscrets. Cachés dans les buissons, Akoni et les éclaireurs observent les activités des étrangers.

Les tentes s'étendent comme des ombres menaçantes, des bateaux au loin semblant prêts à débarquer, et le murmure des conversations étrangères porte des promesses sinistres. Akoni, regarde intensément la scène, prend mentalement des détails qui sont cruciaux pour la défense de son village bien-aimé. Ils sont bien cachés parmi les frondaisons denses de la forêt. Les yeux rivés sur la scène qui se déroule devant eux, ils étudient chaque détail avec une précision stratégique. Le camp ennemi s'active frénétiquement, des prisonniers sont contraints de construire le fortin en bois sous la surveillance vigilante des soldats portugais. Les bruits de marteaux et de scies se mêlent aux ordres donnés en langue étrangère. Oyeniyi, est un tacticien aguerri, murmure à Akoni et aux éclaireurs.

— Observons attentivement. Comptons leurs forces, leurs ressources. Nous devons connaître nos ennemis aussi bien que nous connaissons notre propre terre.

Les éclaireurs, des ombres parmi les arbres, notent chaque détail : le nombre de chevaux, les types d'armes, la disposition du fortin, le nombre d'hommes en faction. Akoni, avec des yeux vifs, scrute l'ennemi avec détermination. Les hommes portent des uniformes portugais visibles de très loin, des fusils à la main, marquant leur présence dominante. Le commandant, identifiable par son énorme chapeau, delivre des ordres d'une voix autoritaire. Le fortin prend forme, une menace grandissante pour les villages Yoruba. Oyeniyi glisse un regard à Akoni.

— Nous avons une image plus claire maintenant. Ils sont plus nombreux que ce que je pensais. Nous devons retourner à Dabeya et informer Djibali de ce que nous avons découvert. Chaque information que nous avons obtenue sera cruciale pour notre stratégie.

L'ordre est donné de se retirer, le groupe d'éclaireurs recule discrètement, se fondant dans l'obscurité de la forêt, emportant avec eux le précieux savoir qui guidera les décisions à venir. Mais alors qu'Akoni, Oyeniyi, et le groupe se replient silencieusement, une branche craque sous le pied d'un des éclaireurs. Le son, bien que discret, est suffisant pour attirer l'attention d'un Portugais qui chasse de nuit des oiseaux non loin de là. Le chasseur, armé de son fusil, tourne brusquement la tête dans la direction du bruit. Ses yeux scrutent la végétation dense, captant le mouvement fugace des éclaireurs Yoruba. Soudain, il se met à hurler dans sa langue,

— Alerte ! Intrus dans la forêt !

La quiétude de la forêt se transforme en chaos instantané. Les éclaireurs, réalisent qu'ils sont repérés, commencent à courir avec la fureur d'une tempête déchaînée. Les feuilles mortes craquent sous leurs pieds, le portugais et ses camarades qui l'ont rejoint, se lancent à leur poursuite. Akoni, son cœur bat la chamade, guide le groupe à travers les dédales de la forêt. Les cris des Portugais résonnent derrière eux, créant une symphonie sinistre de poursuite. Les éclaireurs, agiles et familiers avec le terrain, utilisent chaque bosquet, chaque cachette pour échapper à leurs poursuivants. La course-poursuite s'intensifie, l'adrénaline pulse dans les veines des deux groupes. Les éclaireurs Yoruba doivent atteindre la sécurité de leur village, qui est encore à bonne distance, tandis que les Portugais sont déterminés à capturer ces intrus.

La forêt devient un théâtre de mouvements rapides, d'esquives astucieuses, et de fuites effrénées. Akoni sent la tension de la traque, son esprit calcule chaque pas, chaque virage, dans une danse effrénée avec le destin. Finalement, après une course effrénée, les éclaireurs atteignent les lisières de la forêt, disparaissent dans l'ombre protectrice de Dabeya. La poursuite s'estompe, les cris des Portugais se perdant dans la distance. Akoni, essoufflé mais indemne, tourne son regard vers la forêt maintenant calme. L'alerte a été donnée, mais ils ont réussi à échapper temporairement à leurs poursuivants. La menace est devenue plus tangible, et le village de Dabeya doit se préparer à affronter ce nouveau défi qui se profilait à l'horizon. Car la témérité des envahisseurs les as poussé jusqu'au limite du village, ils viennent de trouver le refuge de tous ceux qui se sont échappés et un vivier illimités pour leur ignoble commerce.

4. SACRIFICE

Les éclaireurs font une arrivée remarquée, ils sont extenués par la longue course, chacun cherche son souffle. Djibali a veillé pour les attendre, malgré l'heure tardive, il vient se présenter à eux. Oyeniyi se redresse aussitôt, il raconte tout le périple ainsi que les précieuses informations qu'ils ont recueilli. Le Roi écoute attentivement, son visage exprime la gravité de la situation.

— Nous devons nous préparer à la défense, mais aussi à la diplomatie. Ces étrangers peuvent être dangereux, la connaissance est notre meilleure arme. Au lever du jour, je vais envoyer un émissaire pour proposer une trêve !

— Crois moi, ils n'ont pas l'air de vouloir la paix, ils se préparent activement à la guerre !

Akoni, conscient du rôle qu'il jouera dans les événements à venir, se tint prêt. Le destin de Dabeya est entre les mains de ceux qui sont prêts à agir avec courage, sagesse et détermination. Chacun va chercher le peu de repos avant la journée de demain qui s'annonce décisive. Djibali s'éloigne avec Oyeniyi, ils ne vont pas se reposer, ils doivent préparer un avenir de plus en plus incertain. Le silence règne sur le village endormi de Dabeya. Akoni, épuisé par les événements de la journée, s'est retiré à l'abri de sa hutte, sa mère est profondément endormie. Cependant, Zuri, inquiète et curieuse, s'approche discrètement, discernant la silhouette fatiguée d'Akoni dans l'obscurité. Elle entre, le contraint à sortir, murmure d'une voix douce,

— Je te connais trop bien, tu es tracassé, qu'est ce qui s'est passé là-bas ?

Akoni s'assoit à l'entrée de la hutte. inspire profondément avant de partager les fardeaux pesant sur son cœur.

— Zuri, la paix que nous avons connue est menacée. Les Portugais se préparent pour nous envahir, je l'ai vu !

Les étoiles scintillent au-dessus d'eux, témoins silencieux des préoccupations qui agitent l'âme d'Akoni. Zuri s'assit à ses côtés, est attentive à chaque mot. Il continue, partage ses inquiétudes pour le village, pour ses habitants, et pour l'avenir qui semble s'assombrir.

— Nous devons nous préparer à la bataille. Nos vies sont sur le point de changer, et je crains que la tranquillité que nous avons connue ne soit plus qu'un souvenir.

Consciente de la gravité de la situation, elle pose doucement sa main sur l'épaule d'Akoni.

— Nous sommes des Yorubas, nous sommes forts et ensemble avec le soutien de notre communauté, nous surmonterons ces épreuves. N'oublie pas que la lumière de l'aube succède toujours à la nuit la plus sombre.

Les deux amis restent encore un moment assis sous le manteau étoilé de la nuit, partage leurs préoccupations, mais aussi leur détermination à affronter l'avenir. Dans l'obscurité, l'amitié et la solidarité de Dabeya se renforcent, prêtes à faire face aux défis qui se dressent devant eux. Akoni ferme les yeux sans se rendre compte, Zuri lui caresse tendrement la tête, Djibali arrive à cet instant. Il porte son fils, le dépose délicatement sur sa couche. Le village dort désormais paisiblement. Mais Akoni est perturbé, il se retrouve submergé par un cauchemar oppressant, où la réalité s'entremêle avec les ombres de ses peurs les plus profondes. Il se voit impuissant, captif des Portugais. Les chaînes serrées autour de ses poignets semblent peser lourdement sur son être. Le village de Dabeya, jadis vibrant de vie et de culture, se transforme en un tableau apocalyptique.

Les flammes dansent avec férocité, dévorant les huttes et effaçant chaque trace de son existence. Le crépitement du feu devient le chant funèbre d'un lieu autrefois florissant. Les cris de son peuple résonnent dans l'air, un écho déchirant hante ses rêves éveillés. Les Portugais, froids et impitoyables, semblent indifférents à la destruction qu'ils laissent dans leur sillage. Les rires démoniaques des envahisseurs se mêlent à la symphonie destructrice qui accompagne la chute de Dabeya. Emmené loin de son pays natal, Akoni se retrouve sur des terres nouvelles, une mer d'incertitudes s'étend à perte de vue. La sensation de solitude et d'abandon est écrasante. Les visages familiers de sa communauté s'estompent lentement dans les méandres de la distance, laissant place à l'immensité de l'océan.

Le cauchemar, aussi cruel qu'il soit, est un reflet déformé des peurs d'Akoni. Il se réveille en sursaut, le cœur battant à tout rompre, mais la réalité brutale du jour à venir l'attend, tout comme les défis qu'il devra affronter pour protéger son peuple et son foyer. Le temps n'est plus à ces songes, les tambours sonnent le réveil de Dabeya, l'ensemble du peuple sait désormais que le danger est proche, chacun s'active aux tâches assignées. Akoni prend rapidement son petit déjeuner, partant rejoindre son père qui tient conseil sur la grande place. Le roi, désireux de préserver la paix, décida d'envoyer un émissaire auprès des Portugais. Beaucoup se portent volontaire, du plus vieux au plus jeune, mais Djibali porte son choix sur Akintola, connu pour sa patience et sa force de persuasion.

Après les recommandations d'usage, Akintola, porteur d'un message de conciliation et de paix, part à cheval en direction du camp portugais, symbolisant la volonté de Dabeya de résoudre les différends par le dialogue. Tous espère une issue favorable, l'émissaire prend sa mission à cœur, galopant à tout rompre. Djibali souhaitant la réussite de cette mission, envois le fidèle Oyeniyi pour veiller sur lui. Ce dernier reste à bonne distance, gardant un rôle d'observateur. Très rapidement, l'émissaire arrive devant le fort de bois. Cependant, la tragédie frappe Akintola, loin de rencontrer une écoute bienveillante, il est fait prisonnier par les Portugais. Le voilà ligoté et contraint, il est immédiatement emmené de force vers le port de Ouidah. C'est la destination redoutée de ceux qui sont capturés, car ils deviennent esclaves pour être vendus.

Oyeniyi est horrifié par ce qu'il voit, il ne peut pas aider le malheureux, repart au galop pour avertir son Roi. La nouvelle de l'emprisonnement de l'émissaire se propage rapidement à Dabeya. L'atmosphère paisible qui régnait dans le village se transforme en une tension palpable. Djibali, conscient de l'ampleur de la situation, comprend alors que la guerre était désormais inévitable. La décision de faire de l'émissaire un esclave, au lieu de traiter les pourparlers avec respect, est interprétée comme un acte hostile. Les villageois, nourrissant une profonde colère et un désir de justice, se rassemblent pour préparer la défense de leur foyer. Akoni, imprégné du devoir qui pèse sur ses épaules, sent le vent du conflit souffler sur Dabeya. Les tambours résonnent, appelant à la mobilisation. La paix, autrefois recherchée, a été sacrifiée sur l'autel de l'injustice esclavagiste, et le village se prépare à affronter les conséquences de cette trahison.

La guerre est inévitable, et le destin de Dabeya se jouera dans les jours à venir. Aucun Yoruba ne va accepter cette situation sans combattre. Pas de répit pour le peuple, les éclaireurs sont déjà de retour, annonçant qu'une vaste armée est en marche. Les villageois, autrefois protégés par la paix et la justice du Roi Djibali, se retrouvent maintenant confrontés à une menace extérieure redoutable. Akoni, bien qu'encore jeune, il n'a jamais connu la guerre, son enfance fut bercé de l'innocence de son âge. Djibali réunit son conseil, installant son fils près de lui, sa voix est grave,

— Je ne vous ai jamais mentis, ni cacher quoi que ce soit, mon devoir en tant que roi est d'être le gardien de la paix du peuple Yoruba ! Les envahisseurs sont à nos portes, ils ne viennent pas pour parler, ce sont des vendeurs d'hommes ! Mon père m'avait parlé d'eux, ils ne viennent pas sur nos terres, mais la soif de richesse les pousse. Je donne l'ordre de mener les femmes, les enfants, les anciens, vers nos refuges de retrait. Tous les hommes en mesure de combattre resteront ici. Le choix est simple, la victoire où la mort.

Akoni tremble à cette sentence, son cauchemar est en train de prendre forme, cela le terrifie intérieurement. Les villageois se rassemblent, unissant leurs forces pour faire front à l'armée portugaise qui se profile à l'horizon. Dans les jours qui suivent, le village se transforme en un lieu de préparation. Les hommes s'entraînent à la défense, renforçant les fortifications existantes du village. Les anciens prodiguent les derniers conseils, tandis que les enfants, comme Akoni, apprennent les rudiments de la survie et de la résistance. La mère d'Akoni, Zuri, rejoignent les autres femmes et enfants, la séparation est touchante, chacun garde ses larmes. Tous espèrent se revoir au plus vite, la nuit tombe sur le village, une aura de résolution flotte dans l'air. Les villageois se réunissent autour d'un grand feu, partageant des histoires, des chants et des prières. Djibali, stoïque mais déterminé, parle de la nécessité de protéger leur mode de vie, leurs familles et leurs terres.

Le matin suivant, le son des tambours résonne dans tout le village, signalant l'approche imminente de l'armée portugaise. Dabeya se tint prêt à affronter l'adversité, avec l'espoir que la force de leur unité pourrait surmonter les sombres nuages qui se forment à l'horizon. Les éclaireurs sont formels, ils annoncent que l'heure de la confrontation est imminente. Dabeya se rassemble, les hommes, armés de lances, de boucliers rudimentaires et de la volonté de défendre leur foyer sont prêt. Akoni, se tient aux côtés de son père qui affiche un étrange sourire. Les regards reflètent à la fois la peur et la bravoure. L'armée portugaise apparaît à l'horizon, une mer de casques et d'armures étincelants, accompagnée du cliquetis des sabres et du martèlement des chevaux. Djibali lève le poing, signifiant à son peuple de rester fort et résolu.

Les portugais s'arrêtent à une distance respectable, une tension palpable est suspendue dans l'air. Un émissaire portugais s'avance, portant des propositions de reddition et de soumission. Le Roi, debout avec dignité, refuse catégoriquement. Il parle avec fermeté de la liberté, de la dignité et du droit de son peuple à vivre sans être asservi. Les négociations échouent une fois de plus. Alors que le soleil atteint son zénith, la bataille commence. Les villageois de Dabeya, guidés par Djibali, font preuve d'une bravoure remarquable face à une force supérieure. Les cris de guerre se mêlent aux bruits métalliques des armes, créant une symphonie discordante. Akoni, malgré sa jeunesse, prend part aux combats, agrippe une lance avec détermination. Le village se transforme en un champ de bataille où chaque maison, chaque ruelle, est le théâtre d'une lutte désespérée pour la survie.

La journée s'étire en une épreuve prolongée, mais la détermination des villageois ne fléchit pas. Djibali, au front, inspire son peuple à résister. La bataille fait rage comme un tonnerre déchirant le ciel. Les villageois, bien que moins nombreux, défendent leur terre avec une férocité forgée dans les échos de leurs ancêtres. Le calme qui a enveloppé Dabeya pendant des générations est brisé par le fracas des vagues portugaises sur les rivages sacrés du royaume Yoruba. La place centrale de Dabeya, autrefois le lieu de célébration et de formation, est maintenant le théâtre d'une confrontation brutale entre la technologie européenne et la force ancestrale des guerriers Yoruba. Les Portugais, armés de fusils, déploient une puissance qui fait reculer momentanément les guerriers.

La fumée des armes à feu se mêle aux rythmes des tambours du village, créant un tableau chaotique et poignant. Dabeya donne ainsi l'alerte aux villages voisins, qui seront sans aucun doute les suivants. Djibali, porte toujours l'épée héritée de ses ancêtres, il mène ses hommes avec une ferveur inébranlable. La sagesse de son entraînement, transmise à travers les générations, guide chacun de ses mouvements. Cependant, même la plus grande sagesse ne peut égaler la puissance dévastatrice des armes à feu étrangères. Au cœur de la bataille, Djibali est un rempart d'honneur et de bravoure. Il se tient aux côtés de ses guerriers, ses yeux reflètent la détermination de préserver l'intégrité de Dabeya. Cependant, la cruauté de la guerre ne fait pas de distinction, et bientôt, une balle portugaise atteint le roi. Djibali tombe au sol, sa figure majestueuse tachée du sang versé pour défendre son peuple.

Les guerriers, frappés par la vue de leur roi blessé, redoublent d'efforts dans une furieuse riposte. Les tambours résonnent comme le cœur battant de Dabeya, un appel à la résistance. Akoni est à l'arrière, il faut le préserver, c'est le gardien de l'héritage. La bataille se prolonge dans l'obscurité naissante. Les cris des combattants, le retentissement des fusils et le son des lames s'entrechoquent en remplissant l'air d'une violence inouïe. La rivière sacrée, témoin silencieuse de tant de générations, reflète le chaos et la tragédie qui se jouent sur ses rives. Les guerriers Yorubas réussissent à repousser les Portugais hors du village. Mais la victoire est amère, le Roi est mort, il s'est sacrifié pour son peuple, rien ne va pouvoir apaiser les cœurs, les villageois pleurent déjà sur tous les innocents.

Célébrant la résilience de Dabeya tout en honorant la mémoire de Djibali. Akoni est prostré, il ne comprend pas ce qui se passe, puis on dépose le corps de son père, celui qui a permis ses premiers pas est marqué de ces épreuves, blessé mortellement. C’est un jour triste pour Dabeya, la peine est profonde, beaucoup sont tombés, rien ne dit que les Portugais ne vont pas revenir. Des décisions doivent être prises, les racines sont le socle des Yorubas, Akoni n’a que douze ans, mais il va devenir Roi. Les Portugais ont été repoussés, la cicatrice de cette rencontre restera à jamais gravée dans l'histoire de Dabeya. La nuit tombe sur le village, enveloppe la terre des ancêtres d'un voile sombre, tandis que les étoiles observent silencieusement les conséquences de cette bataille féroce. Le destin de Dabeya est suspendu entre les mains des générations futures, portant avec elles le poids des racines qui doivent être protégées à tout prix.

Au matin, ce ne sont que des larmes que l’on entend, le village pleure son Roi, rien ne va apaiser cette douleur, mais il faut faire face, car rien n’est joué. Akoni est un enfant, mais il a le courage de son père, il participe à la préparation pour accueillir la seconde vague car les portugais vont revenir. Malgré la peine qui envahit les rangs, les femmes et les enfants ne peuvent pas assister à la cérémonie funéraire du Roi, le risque est trop grand. le village est enveloppé d'un silence lourd de chagrin. Les tambours, autrefois utilisés pour annoncer la guerre, résonnent maintenant dans un rythme funèbre. Le corps du Roi, enveloppé dans des étoffes précieuses, repose sur un lit de fleurs au centre de la place du village. Les villageois, vêtus de noir, se rassemblent en un cercle solennel. Les aînés, porteurs de sagesse, entament des chants funéraires mélancoliques qui flottent dans l'air, exprimant la perte et l'hommage à un grand leader.

Akoni se tint avec dignité près du corps de son père. Les moments de silence sont interrompus par les témoignages émouvants de ceux qui ont combattu aux côtés du Roi. Ils partagent des souvenirs de sa sagesse, de sa force et de son dévouement envers le peuple. Les larmes coulent librement, personne ne se cache. Au coucher du soleil, alors que le ciel s'embrase d'oranges et de pourpres, la cérémonie atteint son point culminant. Les aînés déposent des offrandes symboliques autour du corps, marquant la transition du roi décédé vers le royaume des ancêtres. Les flammes dansent dans le crépuscule naissant, illuminant les visages marqués par la douleur. C'est alors qu'un geste inattendu se produit. Les anciens se tournent vers Akoni, reconnaissant en lui le fils du Roi Djibali, porteur de l'héritage royal. Malgré ses 12 ans, la force dans ses yeux, sa dignité et son héritage royal évident font naître un consensus parmi les anciens.

Un à un, ils se prosternent devant Akoni, lui plaçant une couronne symbolique sur la tête. À cet instant, le jeune garçon devint le Roi Akoni de Dabeya, héritier d'un trône forgé dans la bataille et la bravoure. Sa couronne est à la fois une lourde responsabilité et une promesse pour l'avenir. La cérémonie funéraire se conclut avec un dernier adieu, les villageois regardent le bûcher funéraire qui consume le corps du Roi Djibali. Dans le crépuscule silencieux, Akoni, maintenant roi, se tient devant son peuple, prêt guide à Dabeya vers l'avenir avec la détermination que son père a toujours gardé intacte. Il ne veut pas rentrer à sa hutte, s'assoir dans l'obscurité, ses larmes se mêlant à la poussière de la terre. Il lève les yeux vers le ciel étoilé, cherchant un réconfort dans la connexion ancestrale que son père avait souvent évoquée.

— Père, je ne sais pas si je suis prêt pour tout cela. La couronne est lourde, et le chemin semble incertain.

Le vent souffle doucement, portant avec lui les murmures des arbres et le chuchotement de la nuit. Akoni imagine la voix de son père, douce mais empreinte de sagesse. Il ferme les yeux, désormais, il l'entend clairement.

— Mon fils, chaque étoile que tu vois dans le ciel est une promesse de lumière même dans l'obscurité. La vie est un voyage parsemé d'ombres et de lumières, de joies et de peines.

Les étoiles semblent scintiller en réponse, écoutant le dialogue entre le jeune roi et son père défunt. Akoni se perd dans ses pensées, imaginant les conseils que son père aurait pu lui donner.

— Pourquoi as-tu dû partir si tôt? Comment puis-je être à la hauteur de tout cela?

Une brise légère caresse le visage d'Akoni alors qu'il attend une réponse qui ne viendra jamais de manière tangible. Cependant, dans le silence de la nuit, il sent la présence apaisante de son père autour de lui.

— Akoni, la force réside en toi. Tu es le fruit de notre lignée, portant le héritage de la résilience et de la noblesse. Écoute ton cœur, sois juste et honnête, et tu trouveras ton chemin.

Les étoiles brillent d'un éclat particulier, comme si elles approuvaient les paroles imaginaires de Djibali. Akoni essuie ses larmes, sentant une nouvelle détermination grandir en lui. il resta là, seul sous le ciel étoilé, se sentant relié à ses ancêtres, porteur d'une histoire et d'une destinée qui se déroulent dans le tissu du temps. Le dialogue avec son père, même s'il n'était qu'irréel, a apporté un réconfort bien nécessaire dans la nuit silencieuse. Au loin, l'ennemi ne dort pas, derrière les remparts de bois, bien à l'abri, les conspirateurs se rassemblent pour discuter d'un plan perfide. La lueur d'un feu crépite éclairant leurs visages déterminés et cupides. Le chef de l'expédition esclavagiste, un homme au regard froid et impitoyable, prend la parole.

— C'est une victoire en vérité, leur roi de pacotille est mort, la voie est libre. Nous avons trouvé le point faible de ce village. Son fils est le nouveau roi, sans l'expérience ni la force nécessaire pour résister. Capturons-le, et le reste du village sera à notre merci.

Ils acquiescent d'un signe de tête,

— Il faut le faire partir par le premier navire, on va le vendre aux français pour Saint-Domingue, loin de son peuple. Ce sera une leçon pour tous ceux qui osent nous résister.

L'homme au visage impitoyable propose une stratégie perfide.

— Pour capturer ce gosse, nous allons jouer avec leur confiance. On demande une trêve, un faux accord de paix, pour accéder au village sans éveiller les soupçons.

Ils se mettent à rire de bon cœur, le plan a pris forme. Les Portugais savaient qu'Akoni, malgré sa jeunesse, est un obstacle significatif à leurs ambitions esclavagistes. Ils doivent agir avec ruse et tromperie pour l'éloigner de son peuple. Dès le lendemain, un émissaire portugais s'approche de

Dabeya, brandissant une drapeau blanc de la paix. Les tambours de guerre ont cessé de résonner, et une atmosphère tendue enveloppe le village alors que les villageois observent méfiants. L'émissaire s'approche de l'entrée du village, bien gardée par des guerriers. Il parle avec des paroles mielleuses, exprimant le désir de négocier une trêve. Il promet le respect des frontières, la fin des hostilités et la coexistence pacifique entre les deux parties. Les villageois, épuisés par cette guerre, commencent à envisager la possibilité d'une paix bien méritée.

Akoni, soucieux du bien-être de son peuple, considère la proposition avec prudence. Ses conseillers discutent des termes avec l'émissaire, mais la véritable intention des Portugais reste cachée derrière le masque de la diplomatie. Il fait des courbettes, ajoutant,

— Noble Akoni de Dabeya. Nous venons au nom de la couronne portugaise avec une proposition de paix. Nous avons entendu parler de votre vaillance et de la sagesse de votre peuple, et nous pensons qu'il est dans l'intérêt de tous de mettre fin aux hostilités.

Akoni observe l'émissaire, conscient des motivations des souvent dissimulées derrière les paroles diplomatiques.

— La même que vous aviez fait à Nzinga, la noble et courageuse reine du Ndogo ?

— C'est une nouvelle époque majesté, nous sommes des commerçants. Les premiers à avoir ouvert des comptoirs pour des échanges.

— Et aussi les premiers à avoir vendu les nôtres, le port de Ouidah ne désemplit pas de vos crimes !

— La perte de votre père est regrettable, il voulait la paix, nous la voulons aussi, nous regrettons tout ce qui s'est passé !

— Quelle est ta proposition émissaire ?

— Nous avons des fusils de qualité supérieure que nous sommes prêts à vendre à votre peuple. Des armes qui vous protégeront des menaces extérieures et renforceront votre pouvoir. En échange, nous demandons un partenariat économique, du commerce et la garantie de frontières pacifiques.

Akoni, garde son calme, scrute les yeux de l'émissaire.

— Nous n'avons pas besoin de vos armes. Ne te dit pas que je suis un enfant. Chez les Yorubas, nous devenons des hommes en le méritant. Notre force réside dans la paix que nous avons toujours cherché à maintenir à Dabeya. Nous avons coexisté avec nos voisins, et nous ne cherchons pas à changer cela.

L'émissaire tente de convaincre maladroitement Akoni en soulignant les avantages de posséder des armes modernes, mais le jeune roi reste inébranlable.

— Les armes ne sont pas nécessaires lorsque le cœur du peuple est fort. Nous ne souhaitons pas nous engager dans des transactions qui pourraient mettre en péril la paix que nous avons chèrement préservée.

Akoni, fixant l'émissaire, ajoute,

— Dabeya a prospéré sans avoir recours à la foudre de la violence. Nous sommes un peuple de la terre, pas de la guerre. Nous désirons la paix, et nous n'accepterons pas des offres qui risquent de la compromettre. Maintenant retire toi, je vais en parler avec mes conseillers. Nous ne devons pas prendre de décision hâtive qui pourrait mettre en péril la paix de mon people.

L'émissaire se retire, plein de sourires hypocrites, Akoni se tourne alors vers les anciens. En effet, les conseillers, représentent une sagesse accumulée au fil des générations. Ils partagent sans détour leurs opinions, la prudence est de mise, mais tous veulent la paix, c'est une occasion qui ne se représentera peut-être pas. Les portugais peuvent revenir avec leurs fusils et continuer la guerre, et d'autres viendront après eux. Les traités de paix peuvent durer des années, le temps de reconstruire les villages alentours. L'ensemble du conseils demande donc à Akoni d'accepter la proposition, soulignant que le sacrifice de Djibali n'aura pas été vain. Le jeune Roi doit s'incliner devant ses ainés, ce serait un affront s'il venait à les contredire. Mais il n'hésite pas a exprimer sa pensée,

— La paix est notre objectif ultime, mais nous ne devons pas la sacrifier contre notre honneur !

L'un des conseillers le reprend,

— La couronne est lourde, surtout quand elle te tombe dessus sans que tu ne demandes rien ! Nous connaissons bien ces étrangers, ils n'ont eu de cesse de trahir les engagements. Mais nous avons besoin de temps, nous pourrons rallier les clans Yoruba autour d'une seule bannière. Si tu fais la paix, ce sera une chance pour nous permettre d'organiser une meilleure défense.

Akoni acquiesce, il demande le retour de l'émissaire, qui revient sans se faire prier, il se place devant le conseil et le Roi pour entendre la réponse,

— Tu peux retourner auprès de ton chef, informe le que nous acceptons la trêve ! Je suis disposé à le recevoir pour acté sa proposition.

— Majesté, en Europe cela se passe autrement, il va vous falloir venir à notre camp, nous mangerons, boirons. Le temps de préparer un manuscrit solide qui officialisera cette paix.

Oyeniyi se redresse d'un bon,

— Tu perds l'esprit, jamais le Roi n'ira se jeter dans la gueule du lion !

— Vous voulez la paix ou pas ? C'est à ce prix, c'est non négociable !

— Alors nous irons en nombre, avec nos armes !

— Venez comme vous le souhaitez, quand la trêve sera signée nous commercerons enfin !

Akoni se lève à son tour,

— Très bien, je viendrais à la nuit tombée, si c'est un piège, les tiens vont connaître une tempête inédite !

5. COMBATTRE

La nuit est dense, Akoni marche avec les siens vers le camp des portugais, Oyeniyi est près de lui. Ils sont une trentaine, tous équipés d'armures de bois et des armes Yorubas. Quand ils arrivent devant le fortin, les portes s'ouvrent, les Portugais les accueillent chaleureusement. Des feux crépitent, éclairent la scène de négociation qui va se tenir au milieu du camp. L'émissaire portugais fait son apparition, portant une expression de fausse cordialité, saluant Akoni avec un sourire.

— Roi Akoni, nous sommes honorés de votre présence. Nous avons préparé un festin pour célébrer cette occasion spéciale de paix et d'amitié entre nos peuples.

Les Portugais ont dressé une table débordant de mets exotiques et de boissons, une tentative de séduction par la luxuriance et l'abondance. Akoni, bien que méfiant, ne veut pas laisser de côté la possibilité d'une paix sincère.

— Nous venons en paix et nous sommes prêts à discuter des termes qui assureront la tranquillité de nos terres.

Les discussions commencent, mais les Portugais sont rusés. Ils offrent des boissons alcoolisées en quantité excessive, des mets délicieux et des éloges envers le peuple de Dabeya. L'atmosphère devient festive, les guerriers se laissant emporter par la générosité apparente des étrangers.

Akoni, prudent malgré l'apparente cordialité, ne céde pas à l'ivresse. Cependant, la plupart de ses guerriers, captivés par autant de nourriture étrangère, commencent à succomber à l'effet des boissons. Les Portugais, voit leur plan se mettre en place, continuant à offrir des toasts à la paix. Mais les boissons sont désormais mélangées à des substances soporifiques. Peu à peu, les guerriers de Dabeya commencent à ressentir les effets de la drogue, s'abandonnant au sommeil. Oyeniyi se rend compte de la ruse, il tente de prévenir ses guerriers.

— Restez vigilants, mes frères, ne succombez pas à l'illusion de cette paix. Nous devons rester éveillés pour protéger le Roi !

Cependant, malgré ses avertissements, la majorité des guerriers s'endorment profondément, incapables de résister à l'influence de la drogue. Akoni et Oyeniyi sont à présent seuls face à cette ruse sournoise, se retrouvant entouré d'hommes souriant malicieusement. Les Portugais, profitent de l'opportunité, surgissant de l'ombre. En moins d'un instant, le jeune roi est encerclé de toute part, les guerriers sont solidement attachés, Oyeniyi baisse son épée face aux fusils, l'émissaire prend la parole,

— Tu es bien jeune pour penser qu'on va plier devant des sauvages, ton arrogance juvénile va se concrétiser au port de Ouidah, tu vas rejoindre ton peuple dans la cale !

Avant que quiconque ne puisse réagir, ils fondent sur Akoni, le maîtrisant avant même qu'il ne puisse lever son arme. Dans un acte désespéré, Oyeniyi tente de protéger son Roi, un coup de feu claque, il s'écroule, mortellement touché. Akoni hurle furieusement, les étoiles, témoins silencieux de la trahison, observent le jeune roi de Dabeya être emporté dans l'obscurité, les promesses de paix sont déchirées par la tromperie des Portugais. Ils n'attendent pas le lever du jour, prenant le long chemin vers le port, au sud du Bénin. Dans une grande cage, posée sur un chariot, Akoni et les guerriers sont enchainés, malgré son état, il observe silencieusement le paysage qui défile dans l'obscurité, se concentrant sur chaque détail, cherchant une opportunité pour s'échapper.

Les Portugais, confiants dans leur ruse, ne prêtent guère attention à la vigilance persistante d'Akoni. Les chaînes froides mordent sa peau, emprisonnant son corps et son esprit. Il se demande si Dabeya est en sécurité, il ne veut pas devenir le témoin impuissant de la destruction de son village. Les cris des guerriers, le crépitement des feux, tout cela s'estompe alors qu'il est éloigné de tout ce qui faisait sa vie jusqu'à présent. Le long convoi arrive au port de Ouidah. Le soleil se lève sur la côte, dévoilant de magnifiques couleurs sur l'océan, ce qui plonge Akoni dans une mélancolie profonde. Les guerriers se réveillent enfin, ils ont perdu leur superbe, le choc de la réalité s'abat sur eux. Le silence apporte un mélange de confusion et de peur.

L'agitation du port, les bruits des vagues et des activités maritimes, contrastent avec la tranquillité de Dabeya, amplifiant l'inquiétude parmi les guerriers captifs. Le chariot s'arrête devant un comptoir pour les esclaves, un endroit sinistre où des centaines de captifs sont rassemblés, chacun portant le fardeau de son histoire et de son destin incertain. L'air est chargée de tristesse, de peur et d'une résignation palpable. Akoni est descendu sans ménagement, attaché à ses hommes, ils se mêlent à la foule de captifs. Les visages inconnus reflètent la même détresse, des regards vides, témoins d'un voyage similaire vers l'inconnu. Certains guerriers murmurent des prières, d'autres se regardent mutuellement avec une lueur de solidarité et de compréhension partagée. L'incertitude règne, et le poids de la captivité pèse sur chaque épaule.

Pendant ce temps, le port de Ouidah, avec ses activités incessantes, est le témoin silencieux de la tragédie humaine qui se déroule. Les guerriers de Dabeya, tout comme les autres captifs, sont désormais confrontés à l'incertitude de leur avenir, emportés par les courants sombres de l'esclavage. Akoni est enfermé dans une cage humaine. Les échos de pleurs, de prières et de lamentations se mêlent dans l'air oppressant, créant une symphonie lugubre qui accompagne chaque battement de son cœur. Il passe des jours, des nuits, une éternité dans cet endroit sombre et infâme. La tristesse embrasse son cœur meurtri, et l'ombre de l'esclavage plane lourdement sur son âme. Les Portugais, impitoyables dans leur quête de richesse, échangent des vies contre des pièces de métal. Il s'inquiète pour sa mère, Zuri et les autres.

Le jour de la vente arrive. Akoni est exhibé sur une estrade, comme une chèvre parmi d'autres. Les enchères montent et son destin est scellé par le son d'un marteau qui martèle la fin de son existence telle qu'il la connait. Il est devenu une marchandise, une propriété, dénué de la liberté qui lui avait été arrachée. Ce sont des Français qui ont fait son acquisition, il ne comprend rien à ce qui se passe. On le présente à un moine, qui fait des signes de croix, tout en le baptisant d'un nouveau nom. Les chaînes froides autour de ses poignets et de ses chevilles sonnent au rythme lourd de ses pas. Akoni est conduit à bord d'un navire négrier, un monstre de bois et de métal qui va le transporter vers un avenir inconnu. La mer, témoin de tant d'histoires, est désormais le théâtre de la tragédie d'Akoni. À mesure que le navire s'éloigne des côtes familières, Akoni, a les yeux embués de larmes, enfermé dans une sombre cale.

Il imagine le village dissipant dans la brume, Zuri et sa mère priant pour son retour. Une tristesse profonde s'empare de son être, mais au fond de son cœur, un mince fil d'espoir persiste. Les jours sur le navire sont une épreuve de misère. Les conditions inhumaines, la maladie, la puanteur et la promiscuité accompagnent chaque minute qui s'étire comme une éternité. Akoni partage sa douleur avec d'autres âmes opprimées, chacune porte les cicatrices invisibles de son passé. Cependant, dans la noirceur de la nuit, Akoni trouve un compagnon inattendu. Un vieil homme, au regard empreint de sagesse et de chagrin, partage avec lui des récits de la terre qu'ils ont perdue. Il lui parle de la résilience du peuple Yoruba, de la force des racines qui persistent même lorsque les branches sont arrachées. Il s'appelle Jelani, Akoni découvre que c'est un grand général de l'armée du Dahomey.

Il n'ose pas lui dire qu'il est le Roi déchu de Dabeya, qu'il n'aura pas eu le temps de régner, de devenir le protecteur de son peuple comme son père. A travers une petite fente, les étoiles, semblables à celles de Dabeya, sont les seuls témoins silencieux de leur douleur commune. Ensemble, ils partagent l'espoir de revoir un jour leur terre bien-aimée, même si elle est teintée du passé douloureux. Après plusieurs semaines, le navire arrive à Saint Domingue, Akoni et Jelani sont tout de suite vendu comme esclave, au profit d'un sucrier. Les ancêtres sont bons, puisque les deux Yorubas ne sont pas séparés, leur détermination ne fléchit pas, Ils portent sur leurs épaules le fardeau du peuple, une lumière vacillante dans l'obscurité de l'esclavage. À travers les champs de canne à sucre et les plantations, Akoni travaille sous le soleil brûlant, son esprit se nourrit de l'espoir de retourner un jour à Dabeya.

A Saint Domingue, il retrouve multitude d'africains, d'autres qui sont nés ici. Tous ont la même détermination dans le regard, Jelani est un soldat, il connaît cette volonté, celle de se révolter quand viendra le moment. Les jours passant, ce sont brimades et fouet qui rythment le quotidien. Pour Akoni chaque coup qui s'abat sur son dos est une prière silencieuse pour la liberté, chaque grain de terre qu'il foule est un rappel de la terre sacrée qu'il a laissée derrière lui. Les mois passent, mais l'espoir d'Akoni demeure. Dans les murmures du vent, il entend le doux chuchotement de Dabeya, sa mère lui parle dans ses prières. Ses nuits sont bercées par la mélodie des chants Yoruba, et dans ses rêves, il danse à nouveau avec Zuri sur les rives de la rivière sacrée. Manie l'épée sacrée avec son père, le bonheur est dans chaque songe, c'est l'unique réconfort de son cœur désormais.

L'histoire d'Akoni est marquée par la tristesse et la perte, mais son cœur, imprégné de l'héritage de Dabeya, bat toujours avec la promesse de retrouver un jour la terre qu'il a laissée derrière lui. La chaleur tropicale étouffe la plantation de cannes à sucre. Les champs s'étendent à perte de vue, une mer verdoyante se balance sous le soleil implacable. Jelani ne perd rien de sa volonté, il n'a de cesse d'appeler à la révolte, Akoni essaye de rester attentif malgré la fatigue quotidienne d'un labeur interminable, le vieil homme le motive,

— Rien ne dure jeune frère, les chaînes qui nous ont retenu aujourd'hui, vont devenir les maillons de notre libération demain.
— Comment on rentrera sur notre terre ?
— Comme on est arrivé !
— On n'a pas de fusils, pas d'armes !
— On a du cœur, du courage et une volonté infaillible, ne doute pas, on ne restera pas sur cette île, ce n'est pas notre destin !

Jelani adresse à Akoni un sourire empreint de compassion. Il partage les récits de sa vie, ce qui faisait de lui un général du Dahomey, pour finir comme coupeur de canne à Saint Domingue. Il lui parle de la force des traditions Yoruba, de l'importance de maintenir le feu sacré même dans les moments les plus sombres. Les leçons de Jelani deviennent une lueur d'espoir dans l'obscurité oppressante de la plantation. Au fil des jours, l'espoir grandit, les plantations voisines ont été attaqués par des rebelles, Akoni y voit un signe des ancêtres. Ainsi, en attendant leurs tours, ils trouvent le moyen de maintenir les traditions Yoruba, malgré les regards méfiants des esclavagistes. Les chants et les danses, autrefois célébrés sous le ciel de Dabeya, trouvent refuge dans les recoins secrets de la plantation.

Cependant, l'horizon sombre de la plantation va bientôt être éclairé par une lueur de liberté. Les Marrons, ces esclaves qui ont réussi à s'échapper pour vivre libre dans les forêts reculées de Saint Domingue, organisent une attaque contre la plantation. Les tambours résonnent dans la nuit, annonçant une révolte imminente. Jelani avec la sagesse d'un homme qui a connu la guerre, guide Akoni dans les préparatifs. Les chaînes qui ont emprisonné Akoni depuis trop longtemps doivent être brisées. Les Marrons, des ombres audacieuses évoluant dans la nuit, s'infiltrent dans la plantation telle une force de libération. La nuit de l'attaque arrive, une nuit imprégnée du frisson de la rébellion. Les esclaves, guidés par Jelani en parfait général, se soulèvent contre leurs oppresseurs. Les chaînes résonnent avec un son familier, mais cette fois, c'était le son de la libération.

Les Marrons déferlent sur la plantation, des silhouettes habiles dans l'obscurité. La bataille est féroce, mais la détermination des opprimés est une force inarrêtable. Akoni, armé de la sagesse de Jelani et de la force des traditions Yoruba, se bat aux côtés de ceux qui aspirent à la liberté. Dans le tumulte de la bataille, les esclaves fuient la plantation, se dirige vers les forêts épaisses qui s'étendaient au-delà des champs de canne à sucre. Les Marrons accueillent Akoni et Jelani dans leur communauté, une fraternité née de la lutte commune pour la liberté. Akoni découvre alors un mode de vie insoupçonné dans les forêts voisines. Les Marrons ont construit des villages cachés, des havres de liberté où les traditions Yoruba peuvent s'épanouir sans crainte. Les tambours résonnent à nouveau, les danses célèbrent la victoire sur l'oppression.

Les jours de captivité semblent appartenir à un autre temps. Akoni, avec le soutien de ses nouveaux compagnons, commence à reconstruire son identité ébranlée par les chaînes de l'esclavage. Les racines qu'il a craint de perdre à jamais sont ravivées dans les profondeurs des forêts luxuriantes. Jelani est fier du petit garçon. La vie parmi les Marrons est une symphonie de liberté retrouvée. Akoni, autrefois un jeune garçon capturé, trahis par les esclavagiste, est devenu un homme forgé par la douleur, animé par la foi en des racines qui persistent même au milieu de l'adversité la plus sombre. Dans les forêts de Saint Domingue, l'espoir s'épanouit comme une plante résiliente, prête à écrire une nouvelle histoire pour Akoni et ceux qui partagent son destin. La vie parmi les Marrons a transformé Akoni en un guerrier intrépide.

Les forêts sont devenues son sanctuaire, un lieu où les racines de son identité retrouvent leur force. Cependant, le destin, semblable à la marée, va à nouveau changer la trajectoire d'Akoni. Les colons français, toujours en quête de main-d'œuvre, intensifièrent leur oppression sur les Marrons. Les villages cachés deviennent la cible des expéditions punitives, mais les Marrons, forts de leur détermination à défendre leur liberté nouvellement acquise, résistent farouchement. Akoni, aux côtés de Jelani et d'autres guerriers, participent à des escarmouches audacieuses contre les colons. Les tambours de la rébellion résonnent encore dans les vallées, annonçant une résistance qui ne fléchit pas face à l'oppression. Cependant, la situation devient de plus en plus précaire, et la nécessité d'une nouvelle évasion se profile à l'horizon.

La chance frappe sous la forme d'un navire hollandais, amarré au port voisin. Akoni, avec l'expérience acquise au fil des années, élabore un plan audacieux pour s'infiltrer à bord et négocier leur passage vers l'Afrique. Les Marrons rassemblent une grande quantité d'or, une monnaie qui, espèrent-ils, ouvrira les portes de leur retour aux racines de leur terre natale. La majorité sont du royaume Kongo mais les Yorubas ne manquent pas. Les pourparlers avec le capitaine hollandais sont ardus, mais finalement, devant la promesse d'une fortune substantielle, il accepte de ramener certains d'entre eux en Afrique. Les cœurs des Marrons palpitent d'anticipation alors qu'ils montent à bord du navire, l'idée de retrouver la terre qu'ils ont perdue éclaire leurs yeux fatigués.

Cependant, à mesure que le navire s'éloigne des côtes de Saint Domingue, une inquiétude sourde s'insinue parmi les Marrons. Jelani est un général, c'est un sage parmi les sages, il sent quelque chose d'inquiétant dans l'air. Ses yeux scrutateurs parcourent l'horizon, cherchant les signes d'une trahison imminente. La révélation survint lorsqu'ils sont en haute mer. Un autre navire les accoste, il est plus petit, mais des hommes armés montent à bord, prenant au dépourvu nos compagnons. Le capitaine hollandais, avide et dénué de toute moralité, a décidé de les vendre comme esclaves au Brésil, ignorant les accords préalablement conclus. La colère gronde parmi les Marrons. Jelani par sa sagacité, a déjà perçu les intentions perfides du capitaine. Il rassemble les Marrons dans une tentative désespérée de reprendre le contrôle de leur destin.

La révolte éclate comme un éclair dans la nuit. Les chaînes, qui ont déjà marqué trop d'existences, sont brisées dans un acte de résistance farouche. La bataille à bord du navire est intense. Les Marrons, animés par la flamme de la liberté, affrontent leurs oppresseurs avec une détermination sans égale. Jelani dans un élan de bravoure, prend la tête de la révolte, ses yeux reflètent la fermeté de son engagement envers la cause. Akoni n'est pas en reste, le jeune guerrier fait surface, ils se battent pour leurs vies. Finalement, les Marrons réussissent à prendre le contrôle du navire, mettant fin à la tyrannie du capitaine. Cependant, le prix de la liberté est élevé.

Le navire, dévié de sa trajectoire initiale, dérive pendant des semaines sur l'océan, les Marrons utilisent les étoiles comme guide dans leur quête de retrouver la terre sacrée de l'Afrique. Les jours sont une épreuve de résilience. La mer, autrefois symbole de captivité, est devenue le moyen de leur salut. Akoni montre ses talents de pêcheur, la providence envoi la pluie, ils doivent tenir coûte que coûte. Finalement, après des semaines d'incertitude, les côtes africaines apparaissent à l'horizon. Les Marrons, témoins de tant d'épreuves, voient leur espoir se matérialiser dans le rivage qui se profile. Le navire, porteur de l'espoir et de la résilience, accoste sur les rives de l'Afrique, ramenant ceux qui ont été perdus dans les méandres de l'océan. Les Marrons débarquent sur la terre qu'ils ont autrefois quitté de force.

Les pieds nus touchant le sol ancestral, ils ressentent la connexion avec leurs racines, avec l'héritage qui persiste malgré les vicissitudes du destin. Jelani, avec un regard empreint de satisfaction, observe le rivage. Ils sont bien de retour, portant avec eux l'histoire de leur lutte, la force des traditions Yoruba, et la flamme indestructible de la liberté retrouvée. Ils ont enduré tant de souffrances, nourrissant l'espoir de retrouver leurs racines, Jelani commence à douter, les autres aussi, finalement, cela ressemble étrangement à l'Afrique, mais personne ne reconnait ses arbres. La désillusion est terrible, l'incompréhension et la déception s'installent, une ombre sombre s'abat sur eux. Des voiles blanches apparaissent à l'horizon. Ce n'est pas la chaleur de l'accueil qu'ils ressentent, mais la froideur de la menace.

Des navires portugais approchent, ils ont dû les suivre depuis Saint Domingue. Tout est à refaire, le vent porte les cris des navigateurs. Les Marrons se mettent en alerte, reconnaissent le danger que représente les navires portugais dans cette région. Les années d'esclavage dans les Antilles ont appris la méfiance envers ces navires, symboles de captivité et d'oppression. Avec une résolution mêlée d'une pointe de panique, Akoni, Jelani et les Marrons se préparèrent à faire face à cette nouvelle menace, déterminés à protéger leur liberté nouvellement acquise, quels que soient les dangers à venir sur ces rivages étrangers. Akoni et ses compagnons s'enfoncent dans les terres, cherchant un refuge contre l'arrivée imminente des navires portugais. Ils sont accueillis par des Marrons du Brésil, ils ont fiers allures et semblent tout aussi déterminés qu'eux.

Ils sont tous informés qu'ils se trouvent au Brésil, la terre des esclaves. Les Marrons du Brésil, familiers des défis de la survie dans ces terres hostiles, offrent leur soutien à Akoni et ses compagnons. Ils partagent des récits de lutte, d'adaptation et de résilience. Ensemble, ils se préparent à faire face à l'arrivée imminente des navires portugais, prêts à défendre leur liberté nouvellement trouvée. Les jours passent sous la chaleur écrasante du Brésil. Les Marrons, guidés par leur expérience, enseignent à Akoni et aux autres les méthodes de survie dans ce nouvel environnement. La forêt dense devint leur alliée, offrant cachettes et ressources pour résister à toute tentative des forces portugaises de les retrouver. Mais la menace persiste, menace leur tranquillité. Les bruits lointains et menaçants du rivage, les histoires de marins portugais à la recherche d'esclaves en fuite, hantent leurs nuits.

Ils savent que leur liberté est fragile, que l'oppression peut se cacher derrière chaque arbre, derrière chaque colline. Ils vivent à présent dans une méfiance continuelle. La collaboration entre les Marrons des Antilles et du Brésil est une alliance de la liberté, une union forgée dans le désir commun de résister à l'esclavage. Ils sont unis par le combat, par l'aspiration à une liberté qui transcende les frontières imposées par les hommes. Akoni, avec sa détermination forgée dans les épreuves, inspire ses compagnons à persévérer malgré les défis. Ils se préparent, armés de l'héritage de la lutte, prêts à affronter les forces qui cherchent à les asservir. Au cœur de la forêt brésilienne, unis par la quête de liberté, ils sont prêts à défier les assaillants. Leur destin, écrit dans les contours de cette terre inconnue, est désormais lié par un espoir commun : celui de rester libres, malgré les menaces qui pèsent sur eux.

Akoni, Jelani et les Marrons, s'infiltrent discrètement dans une ville voisine, écoutent les récits circulant parmi la population. Les rumeurs de leur fuite à bord d'un navire hollandais ont déjà atteint la ville. Leurs noms de baptêmes sont murmurés, mêlés à des récits d'actes de rébellion. Ils savent qu'ils sont désormais recherchés, traqués par les autorités coloniales. L'étau de la suspicion se resserre autour d'eux. Les regards, les chuchotements, tout laisse présager que leur présence au Brésil n'était pas passée inaperçue. Avec la menace grandissante de capture et d'emprisonnement, l'idée de fuir pour retrouver l'Afrique devint plus impérieuse que jamais. Réunis dans l'ombre des terres brésiliennes, Akoni, Jelani et les Marrons discutent des options qui s'offrent à eux. Revenir en Afrique, leur terre ancestrale, est désormais une quête vitale.

Mais pour y parvenir, ils doivent élaborer un plan méticuleux, un plan qui garantirait leur fuite sans éveiller les soupçons des autorités. Ils savent que les navires surveillent les ports et que les contrôles sont renforcés. Trouver un moyen de quitter le Brésil en évitant la détection est un défi de taille. Les Marrons partagent leurs connaissances de la région, des routes cachées, des caches où ils peuvent se dissimuler. Ils commencent à élaborer un itinéraire secret, planifient chaque étape avec minutie. Chaque regard lancé par-dessus l'épaule, chaque conversation surveillée, devient un élément crucial dans leur plan d'évasion. Ils savent que le moindre faux pas peut les mener à la captivité, anéantissant leur rêve de liberté retrouvée. Les Marrons, unis par leur quête de justice, sont déterminés à se battre pour retrouver leur terre natale.

Malgré les défis et les risques, ils sont prêts à affronter l'inconnu pour retrouver leur liberté, là où leurs racines sont ancrées, loin des chaînes de l'esclavage. Dans une quête pour assurer le départ du Brésil vers l'Afrique, Akoni, Jelani et les Marrons se sont retrouvés à la recherche de provisions, d'armes et surtout, d'un navire. C'est lors de ces préparatifs qu'ils font la connaissance de Pédro, un ancien esclave qui a survécu à l'oppression des plantations brésiliennes. Il est doté d'une connaissance approfondie du territoire et des voies de navigation, c'est devenu un homme influent parmi les communautés marginalisées. Il offre son aide volontiers, comprenant le désir ardent de retrouver leur liberté et de regagner leur terre d'origine. Pour lui, les aider c'est renouer avec sa véritable origine.

Guidé par son expérience et son réseau de contacts, Pédro les aide à trouver les provisions nécessaires pour un long voyage en mer, des armes pour assurer leur sécurité et un navire capable de les transporter loin des rivages brésiliens. Il leur enseigne les subtilités de la navigation, partage des cartes et leur fournit des conseils précieux pour éviter la détection par les autorités. Sa connaissance des marées, des vents et des passages secrets est un atout inestimable pour leur mission périlleuse. Jelani lui propose même de rentrer en Afrique, mais Pédro est né à Saint Domingue, il n'a pas connaissance du continent, il refuse poliment. Unis par un objectif commun, la fuite vers la liberté, Akoni, Jelani, les Marrons et Pédro élaborent minutieusement chaque étape de leur évasion, sachant que le moindre détail peut être la clé de leur réussite ou de leur capture.

Ils n'ont pas le droit à l'échec, c'est de plus en plus dangereux de circuler dans les villes brésiliennes. Dans l'ombre des nuits étoilées, ils se préparent prêts à s'embarquer pour un voyage incertain, mais porteurs d'un espoir sans limite. Pédro, avec sa sagesse et son expérience, devint un guide indispensable dans leur quête pour échapper aux chaînes de l'oppression et retourner vers la terre qu'ils avaient tant désirée. La cible a été choisi avec soin, c'est un navire marchand, avec un pavillon anglais, Pédro sait que les uns n'aiment pas les autres, c'est judicieux de prendre ce navire. Tout doit se faire en silence, car on ne fait pas partir un aussi gros monstre de bois en un éclair. Akoni, accompagné des Marrons, accostent un navire anglais. À bord, ils ont la chance de rencontrer Nelson, un vieux capitaine abolitionniste.

Nelson est un homme de principe et de cœur, il a entendu parler des Marrons fugitifs de Saint-Domingue et de leur quête pour retrouver leur terre natale en Afrique. Après une conversation franche et chargée d'émotion, Nelson est touché par leur histoire, leur quête de liberté et leur désir ardent de retourner en Afrique. Son âme universelle vibre en écho à leurs aspirations. Profondément convaincu que la liberté est un droit inaliénable pour tous, Nelson décide de leur offrir son soutien. Il accepte de les aider dans leur périple de retour en Afrique, en mettant à leur disposition son navire et ses compétences de marin chevronné. Guidé par sa conviction que l'esclavage est une abomination, Nelson, avec son dévouement pour la cause abolitionniste, s'engage à faciliter leur retour vers leur terre ancestrale.

Il partage ses connaissances de la mer, des courants, et des routes pour minimiser les risques de détection. Cette rencontre est un tournant dans le voyage d'Akoni et des Marrons. Nelson devint leur allié, un capitaine déterminé à soutenir leur quête de liberté, une âme compatissante qui partage leur rêve de retrouver leur identité et leur terre d'origine. Ainsi, unis par leur désir commun de liberté et soutenus par Nelson, Akoni, Jelani et les Marrons commencent à planifier leur voyage de retour en Afrique, portés par l'espoir de retrouver enfin leurs racines et de goûter à la liberté loin des chaînes de l'esclavage. Sur le pont du navire, à l'abri des regards indiscrets, Nelson expose le plan d'évasion. Les étoiles sont leurs alliées, et le vent de la nuit sera leur guide.

Le bateau est prêt à larguer les amarres et à s'éloigner du port avant que la nouvelle de leur fuite n'atteigne les autorités portugaises. Cependant, tandis que le navire se prépare à partir, les guerriers portugais, alertés par des informations clandestines, commencent à encercler le port. Le bruit des bottes sur les quais et les chuchotements des soldats résonnent dans l'obscurité, une menace imminente pour les fugitifs. Akoni, debout sur le pont avec une détermination inébranlable, observe l'ombre des soldats portugais se rapprocher du navire. Le capitaine Nelson, conscient du danger, presse l'équipage de se hâter. Les voiles s'ouvrent dans un froissement silencieux, et le navire commence à quitter le port sous le voile protecteur de la nuit. Cependant, les portugais, soupçonnent la fuite imminente, intensifiant leurs efforts pour encercler le navire.

Des ordres retentissent dans la nuit, les lanternes sont allumées, et les soldats se précipitèrent vers le port. La tension monte à bord du navire, alors qu'ils sent le poids de la traque. Le vent souffle fort, portant à la fois la promesse de la liberté et la menace de la capture. Les vagues chuchotent des secrets inconnus, tandis que les portugais approchent dangereusement. Le capitaine Nelson, avec une sagesse forgée par des années de lutte contre l'esclavage, donne des ordres pour naviguer habilement entre les ombres du port. Les voiles captent le vent avec grâce, propulsant le navire vers l'horizon, échappant momentanément à la capture imminente. Cependant, la bataille pour la liberté ne fait que commencer. Les Marrons, Akoni, et Jelani se tiennent sur le pont, fixant l'obscurité devant eux.

Leurs esprits sont emplis d'une détermination à atteindre l'Afrique, tandis que derrière eux, le port brésilien s'éloigne, laissant derrière lui les soldats portugais frustrés dans la nuit. Sur le pont, Akoni, Jelani et les Marrons sont enveloppés dans un silence teinté de gratitude et de prudence. Leurs yeux fixent l'horizon, non seulement comme un point de fuite, mais aussi comme une ligne de retour vers la terre qu'ils avaient quittée de force. Nelson, homme de mer aguerri, se tient à la barre, ajustant les voiles pour maximiser la vitesse tout en minimisant les chances d'être repérés. Les vagues saluent le navire en doux murmures, semblant elles aussi conscientes de l'importance de cette traversée. Mais la nuit n'est pas encore totalement dénuée de dangers.

Les soldats portugais, déterminés à ne pas laisser échapper leurs captifs, organisent des patrouilles le long des côtes, scrutant l'obscurité à la recherche du moindre indice du navire en fuite. Nelson anticipe les risques, ordonne à l'équipage de rester vigilant. Les Marrons, bien que libres de leurs chaînes physiques, demeurent captifs de l'ombre de la traque. Chaque bruissement dans l'obscurité fait monter le pouls, chaque silhouette sur l'horizon était potentiellement une menace. Les heures passent lentement, la lueur de l'aube se prépare à dissiper les ténèbres de la nuit. Le navire, porté par les vents favorables, se rapproche du cap de Bonne-Espérance, le point crucial de leur voyage de retour vers l'Afrique. Alors que le soleil levant teinte le ciel d'une palette de couleurs douces. L'équipage du navire et les Marrons peuvent presque sentir l'air salin de l'Afrique.

Akoni sait que la traversée n'est pas encore terminée. Des défis inconnus les attendent, mais ils sont unis par la quête commune de liberté et de retour aux racines. Les jours passent, le navire fend les eaux de l'océan avec une détermination renouvelée. Les Marrons, imprégnés de l'espoir de retrouver leur terre natale, se préparèrent mentalement à l'inconnu qui les attend sur la côte africaine. Certains n'ont même jamais vu l'Afrique. La mer est le témoin silencieux de leur voyage, portant l'histoire de la résilience humaine et de la lutte contre l'oppression. Lorsque les côtes africaines apparaissent à l'horizon, les cœurs des Marrons battent avec un mélange d'émotion. La terre de leurs ancêtres est à portée de main. Nelson, homme de principe, a tenu sa promesse, et l'espoir d'une nouvelle vie brille comme les vagues se brisant sur le rivage.

Le navire accoste enfin, libérant les Marrons sur le sol africain. Akoni, Jelani et les autres regardent l'horizon avec gratitude et détermination. Leurs pieds touchent la terre que leurs ancêtres ont foulée, une terre empreinte d'histoire et de résilience. La trajectoire de la fuite vers la liberté se transforme en un nouveau chapitre, plein de défis et d'opportunités. Les Marrons, guidés par l'étoile de la liberté, se préparent à reconstruire leur vie sur cette terre qui était à la fois le point de départ et la destination de leur extraordinaire voyage. La méfiance s'installe parmi les Marrons. Akoni, Jelani et les autres se rassemblent instinctivement, conscient du fait que leur retour en Afrique n'est pas exempt de nouveaux défis. Les regards inquisiteurs se tournent vers l'horizon, scrutant un navire à l'approche.

Nelson déroule sa longue vue, il grimace, ce sont des français, de l'armée régulière. L'embarcation française accosta non loin du navire. Plusieurs chaloupes sont mises à l'eau, Jelani comprend tout de suite ce qui se passe. Aussitôt, il demande aux autres de se mettre en formation de combat. Portés par le vent, des hommes armés débarquent, formant une ligne impénétrable entre les Marrons et leur liberté nouvellement retrouvée. Un homme, portant l'uniforme français, s'avance avec arrogance,

— Vous n'êtes pas les bienvenus ici, cette terre est sous le contrôle de la France, et vous n'avez aucun droit de prétendre autrement.

Akoni, déterminé à ne pas céder devant une nouvelle forme d'oppression, se présente comme le porte-parole.

— Nous ne cherchons qu'à retourner sur la terre de nos ancêtres. Nous avons fui l'esclavage et la tyrannie, et nous demandons simplement la paix et la liberté.

Cependant, les paroles de paix tombent dans l'oreille d'un sourd. Les Français, motivés par des intérêts impérialistes, dégainent leurs armes, signalant le début d'une bataille inattendue. Le son des tirs de mousquets résonne dans l'air, rompant la quiétude qui aurait dû accompagner le retour des Marrons en Afrique. Nelson, qui est revenu sur le navire, comprend que la situation devient critique. Il se joint à la défense des Marrons, sachant que la liberté qu'ils ont tant recherchée est à nouveau menacée. La bataille sur la plage d'Afrique est une collision entre la lutte pour la liberté et les forces de l'impérialisme. La bataille est féroce, les cris et les éclats d'armes résonnent le long de la côte. Nelson, homme de principes, se bat avec une bravoure indomptable, cherchant à protéger les Marrons qu'il a guidés vers la liberté.

Mais au milieu du tumulte, une balle perdue le frappe mortellement. Un silence s'abat sur le champ de bataille, les vagues continuent à se briser comme si la mer elle-même pleurait la perte d'un homme juste. Nelson, défenseur de la liberté, a sacrifié sa vie pour les Marrons, laissant derrière lui un héritage de résistance et de bravoure. La bataille, bien que remportée par les Français, laisse un goût amer de la réalité complexe de la lutte pour la liberté. Les Marrons, maintenant confrontés à une nouvelle adversité, pleurant en silence la perte de Nelson. Ils se préparent à un avenir incertain sur cette terre africaine qui a coûté la vie à un homme courageux.

6. FRATERNITE

Akoni et les autres sont rassemblés sur la plage, tous attachés par des cordes, les blessés sont laissés à l'abandon. L'officier français donnent ses ordres, une troupe va les mener jusqu'au comptoir d'Elmina. Jelani connaît mentalement la carte de l'Afrique, il informe chacun qu'ils sont au Ghana. Devant les gémissements des blessés qui ne veulent pas mourir sous le soleil brûlant, les soldats français décident qu'il faut les achever. Akoni sort de sa réserve,

— Vous ne pouvez pas faire ça !

— Pourquoi donc, tu vas nous empêcher ?

— Ce sont des esclaves à talents, ils sont formés, une grande valeur pour vous !

— Tu m'en diras tant, et toi ton talent c'est quoi ?

— La diplomatie ?

L'officier s'avance, l'air agacé,

— Un esclave savant, tiens donc ! Je ne parlemente pas avec des meubles !

Jelani intervient sèchement,

— Ce meuble est le Roi de Dabeya !

— Un roi dis-tu ? Et bien il n'en vaudra qu'une bourse bien pleine ! En attendant, puisque nous n'avons pas de chevaux ici, vous allez porter vos camarades d'errance.

Les voici réunis les uns aux autres, reliés par une épaisse corde. Ils sont conduits par les soldats français vers une destinée incertaine, le groupe marche sous la surveillance attentive de leurs nouveaux geôliers. L'horizon semble sombre encore une fois, et le vent de la liberté qui a brièvement caressé leurs visages, a cédé la place à la dure réalité de la captivité. Cependant, au moment où la marche forcée les mène plus loin dans les terres africaines, un son familier emplit l'air. Des tambours résonnent dans le lointain, accompagnés par les cris de guerre de guerriers. L'atmosphère se charge d'une tension soudaine, signalant une attaque imminente. Les soldats français, pris au dépourvu, resserrèrent leur formation, prêts à faire face à la menace. Pour leur malheur, ce sont des Mandingues, redoutables combattant qui se montrent au loin.

Véritables experts dans l'art de la guérilla et du camouflage, ils sont les maîtres des embuscades. Les Marrons, enchaînés mais pleins d'espoir, sentaient que quelque chose était sur le point de se produire. Soudain, les guerriers Mandingues surgissent de l'ombre, lançant une attaque éclair contre les soldats français. La forêt devint le théâtre d'une bataille acharnée, chaque cri, chaque clameur, étouffant le bruit des vagues et des murmures de la mer. Les Marrons, observent le tumulte, Akoni voit une opportunité de s'échapper. La corde entravant leur liberté est le maillon faible de cette confrontation. Profitant de la confusion, Akoni, Jelani et les autres se libèrent de leurs entraves, prêts à rejoindre la lutte pour leur propre libération. Les guerriers Mandingue se frayent un chemin à travers les rangs français pour atteindre Akoni et les siens.

Une union éphémère mais puissante s'est formée entre deux groupes cherchant la même chose : la liberté et la justice. La bataille fait rage, les cris de guerre mêlés aux bruits des armes. Les Marrons, guidés par les guerriers Mandingues, reprennent le contrôle de leur destinée. Akoni, à la tête de cette alliance improbable, montre une fois de plus sa détermination à protéger sa liberté. Finalement, les Français, dépassés en nombre et pris par la fureur de l'attaque, battent en retraite. Les guerriers Mandingues, ont accompli leur mission de libération, ils sont les gardiens de ces côtes, à l'affût des esclavagistes. Celui qui s'apparente au chef, descend de son cheval, il a fier allure,

— La paix soit avec vous, je suis Mamadou, modeste guide de ma troupe valeureuses ! Vous êtes désormais sous notre protection, d'où venez-vous ?

Les uns et les autres se regardent avec hésitation, Akoni s'avance,

— Je suis Akoni, fils de Djibali, Roi des milles guerriers de Dabeya en pays Yoruba ! Je vous présente Jelani, mon ainé, général du Dahomey ! Quand aux autres, ce sont des voyageurs perdus, vendu au lointain, désirant simplement retrouver la terre de leurs ancêtres !

— Vous êtes effectivement loin de vos maison, mais la miséricorde du créateur vous a enveloppé ! Suivez-nous jusqu'à notre village, vous y trouverez repos et réconfort, nous verrons pour vous reconduire sur vos terres.

Ils entament une longue marche, les blessés sont placés sur des brancards de fortunes, tirés par les chevaux. Akoni connait bien le pays Yoruba, tout comme Jelani, mais ils sont émerveillés par les paysages. Les marrons, nés à Saint-Domingue sont surpris de la variété de plantes, d'arbres, d'animaux. Ils arrivent enfin au village, entouré de verdure luxuriante, offrant un havre de paix après les épreuves traversées. Les Marrons, encore marqués par la bataille, sont accueillis chaleureusement par les habitants. Des mains tendues, des sourires compréhensifs, et des paroles réconfortantes forment une toile apaisante autour d'eux. Les Mandingues partagent leurs ressources, offrant de la nourriture, de l'eau et des soins pour guérir les blessés. Dans le village, la vie reprend son cours naturel, mais cette fois-ci, elle était teintée d'une solidarité nouvellement forgée entre des peuples unis par la quête de la liberté.

Akoni, Jelani et les autres, libres de nouveau, commencent à retrouver leurs forces et leur dignité. Les échos de la forêt résonnent avec les chants des guérisseurs Mandingues, rétablissant non seulement la santé physique, mais aussi l'équilibre émotionnel des Marrons. Au fil des jours passés au sein de la communauté Mandingue, une fraternité émerge entre les deux groupes. Les Marrons apprennent les coutumes et traditions Mandingues, échangeant des histoires et des expériences. Un lien spécial se forme, cimenté par le partage d'une histoire commune de lutte et de résilience. En reconnaissance de l'aide précieuse reçue, Akoni exprime sa gratitude envers eux. Ensemble, ils décident de poursuivre le voyage vers le Bénin, leur terre d'origine.

Les guerriers Mandingues, forts de leur nombre et de leur détermination, se joignent aux Marrons dans cette quête de retour. Guidés par les étoiles et l'esprit de liberté, le groupe entreprit le périple vers le Bénin. La forêt africaine, qui a été le témoin de tant de défis, les accompagne dans leur voyage. Les rivières murmurent des encouragements, les arbres s'inclinent avec respect, et le ciel semblait bénir leur chemin. Ainsi, unis par la solidarité née de la lutte, les Marrons et les guerriers Mandingues marchent ensemble, prêts à affronter les défis à venir, mais déterminés à forger un avenir où la liberté ne serait plus une quête éperdue, mais une réalité à vivre pleinement. Deux groupes se forment, les uns vont accompagner les Marrons vers le royaume Kongo, l'autre va aller en terre Yoruba. Le moment des adieux est arrivés, ils doivent se séparer ici.

Akoni est fier, mais son cœur est léger face à ces nouveaux frère. Les larmes sont les témoins silencieux des liens profonds tissés au fil du temps. Les Marrons, une famille forgée dans la lutte, partagent des regards empreints de reconnaissance et de chagrin. Les étreintes sont prolongées, chacune tentant de retenir le temps qui s'écoule inexorablement. Akoni et Jelani, se tiennent au centre de ce cercle émotionnel, expriment leur gratitude envers leurs compagnons de lutte. Les paroles sont difficiles à trouver, étouffées par l'émotion qui emplit l'air. Ils promettent de se souvenir, de se soutenir même à distance, et de célébrer le jour où ils se retrouveront. Les regards échangés sont chargés de la promesse d'un avenir où la liberté sera partagée par tous, où les chemins se recroiseront dans un monde où l'oppression sera vaincue.

Les Marrons se séparèrent avec le poids de la tristesse dans le cœur, mais aussi avec l'éclat d'une détermination renouvelée. Car au bout du compte, ils sont tous africains, le marronage n'a plus lieu d'être, c'est la fin de cette fraternité inédite. Les valeureux du Kongo se dirigent vers des destins différents, emportant avec eux le souvenir de cette communauté forgée dans le feu de la lutte. Les larmes sèchent, mais la promesse de retrouvailles demeure suspendue dans l'air, portée par le vent qui souffle à travers les arbres et les échos de l'espoir qui résonne dans les cœurs de ceux qui ont porté le nom de Marrons avec la plus grande des bravoure. Ils sont tous marqués à jamais, ce n'est pas une épreuve qu'ils ont traversé, mais bel et bien un rite de passage vers un autre être dont ils ignoraient tous l'existence. Quels que soit le destin, ils sont éternellement frères.

Le voyage d'Akoni et Jelani, les quelques Yorubas avec eux, reprend dans la forêt dense, où les arbres étreignent le ciel et les bruits de la nature berçaient leur marche. Les Mandingues, experts dans la navigation à travers ces étendues, partagent leur sagesse avec le groupe. Ensemble, ils franchissent des sentiers secrets, évitant les pièges naturels et traversant des cours d'eau dont le murmure cristallin raconte des histoires séculaire. La grâce veut qu'ils fassent la rencontre de grands singes, Akoni n'en a jamais vu, largement impressionné par ces grand animaux plein de dignité. Lorsqu'ils émergent de la forêt, les plaines s'étendent devant eux comme un océan infini. Les natifs de Saint-Domingue, habitués aux densités vertes de la jungle, découvrent un nouvel horizon qui s'étend à perte de vue.

Les Mandingues, gardiens de ces vastes étendues, partagent avec eux la majesté des plaines où le vent danse avec les hautes herbes. Les rivières se dressent comme des barrières à franchir, et le groupe doit s'allier avec la nature pour poursuivre son chemin. Des radeaux rudimentaires sont construits pour traverser les eaux tumultueuses, tandis que les échos des chants Mandingues remplissent l'air, portant les esprits au-delà des vagues. Les montagnes se dressent devant eux comme des sentinelles, des défis à surmonter. Les sentiers escarpés testent la résilience des voyageurs, mais chaque pas est empreint de détermination. Les Mandingues, habitués à ces altitudes, guidaient les Marrons à travers les passages escarpés, tissant des liens encore plus étroits entre les deux groupes. À mesure qu'ils avancent, tous découvrent les divers visages de l'Afrique, sa beauté et sa complexité, sa force et sa fragilité.

Les nuits sont illuminées par le scintillement des étoiles, chaque constellation devenant un guide sur le chemin de la liberté. Les feux de camp crépitent, réunissant les deux groupes autour de récits de traditions, renforçant l'unité forgée dans l'adversité. Le Bénin se dessine finalement à l'horizon, mais le voyage n'est pas simplement un mouvement géographique. C'est une transformation intérieure, une fusion de deux peuples liés par le destin, prêts à affronter l'avenir main dans la main. Chaque pas sur cette route est une déclaration d'indépendance, une ode à la résilience humaine qui transcende les frontières tracées par l'homme. Akoni est soudainement troublé, malgré les années qui ont passées, il reconnait immédiatement la terre des Yorubas. Mais quelque chose le tracasse, l'absence des vastes troupeaux que mènent les voisins de Dabeya.

Jelani sent cette vibration, posant fraternellement sa main sur l'épaule d'Akoni. Ils n'en ont jamais vraiment parlé, mais l'éventualité que son village ne soit plus le même est une possibilité de plus en plus certaine. Akoni indique au groupe qu'ils sont enfin à Dabeya, mais ce qu'ils trouvent est désolant. Les ruines de ce qui avait été autrefois leur village étaient tout ce qui restait. Les Portugais, dans un acte de cruauté sans limites, ont laissé derrière eux un paysage de destruction et de désolation. Les maisons autrefois vibrantes de vie ne sont plus que des amas de débris. Les rues où résonnaient les rires des enfants et les échos des conversations, sont désormais silencieuses, hantées par le fantôme du passé. Akoni et Jelani parcourent les ruines avec des cœurs lourds, leurs yeux capturant chaque fragment de ce qui a été le foyer du jeune Roi.

Les Mandingues, témoins silencieux de la tragédie, partagent le fardeau du chagrin avec Akoni. Les souvenirs semblent se heurter aux décombres, évoquant une époque révolue où la vie était marquée par la paix plutôt que par la dévastation. La place centrale du village, autrefois le cœur battant de Dabeya, est maintenant un lieu de deuil. Akoni se tient au milieu des vestiges qui ont fait sa jeunesse, essayant de comprendre la cruauté infligée à son peuple. Jelani, le regard fixé sur l'horizon, ressent bien sa douleur, mais aussi la résolution de reconstruire.

— Tu crois que ma mère est encore en vie ?

— J'en suis sur petit frère, les ancêtres ne nous ont jamais abandonnés, ils ne vont pas commencer !

— Alors où sont-ils ?

— On va le savoir, fais-moi confiance !

Déterminé à comprendre ce qui s'est passé, Akoni guide le groupe hors des décombres de Dabeya. Ils se dirigent vers un village voisin, espérant obtenir des réponses. Lorsqu'ils atteignent le village, des paysans vaquent à leurs tâches quotidiennes. Ils les accueillent avec curiosité et empathie. Akoni, le regard chargé d'appréhensions, va les trouver pour leur demander qui est arrivé à Dabeya. Les Paysans, après un moment de contemplation, partage l'histoire tragique qui a conduit à la disparition du village.

— Djibali, Roi aux milles guerriers est tombés face aux étrangers ! Son fils était bien trop jeune pour supporter la couronne, il a assumé cette charge. Mais il a été piégé, capturé et vendu à Ouidah, on ne l'a jamais revu le malheureux !

Akoni ne montre aucune émotion, reprenant,

— Tu as connu ce jeune roi ?

— Pas personnellement, mais sa triste histoire a fait le

tour de toute la région !

— Et ensuite?

— Les portugais ont attaqués Dabeya, ravageant tout

sur leur passage, prenant le peu d'hommes qui ont tenté de défendre la terre ! A la fin, il ne restait que les ruines fumantes.

— Les femmes et les enfants ont été pris ?

— Par la grâce d'Olorun, non, mais la mère du jeune

Roi n'a pas supporté cette destinée !

Le cœur d'Akoni se serre brutalement,

— Elle est morte de chagrin, perdant son mari puis
son fils bien aimé !

— Qui les dirigent à présent ? Où sont-ils ?

— Vous êtes Yoruba ?

— Je suis le Roi Akoni !

— Je te demande pardon, je ne savais pas, mais on nous as pourtant dit que tu avais été envoyé derrière la grande mer dont personne ne revient jamais !

Akoni a le souffle coupé, Jelani l'épaule,

— Ce n'est pas personne justement, indique nous où sont les siens !

— Akoni connaît parfaitement cet endroit, c'est le refuge de la rivière sacrée ! La Reine Zuri vit en harmonie sur ces berges !

— Zuri dis-tu ?

— Oui, elle a pris la tête de la résistance, devenant la Reine par la force des choses !

Après avoir remercié les paysans, sans attendre, le groupe prend les pas d'Akoni qui sait où aller. Rapidement, rempli d'exaltation, ils arrivent à la rivière sacrée. Quelques guerriers montent fièrement la garde, intrigué par ce groupe hétéroclite, mélangeant des Mandingues, des Antillais, des africains. Jelani va à leur rencontre,

— Nous venons voir votre Reine !

— Qui a demande ?

— Son Roi !

— On a plus de rois depuis longtemps !

— Pourtant il est là, tu ne le reconnais pas ?

Les guerriers fixent Akoni d'un drôle d'air, l'un d'eux s'approche, il porte une longue barbe. Adresse un sourire,

— Ne sais-tu donc pas reconnaître ton frère, car moi je te reconnais Akoni !

— C'est difficile derrière cette grande barbe, peux-tu m'éclairer un peu ?

— Disons que le malheur nous auras tous frappés, ta disparition m'a plongé dans la tristesse ! Puisque c'est ensemble que nous avons pris notre collier. Regarde ce qu'ils ont fait de moi, un poète amés !

— Adewale ?

— Je te vois Akoni !

Ils se prennent instinctivement dans les bras, l'étreinte est longue et chaleureuse. La nouvelle se répand comme une traînée de poudre, le Roi est de retour sur ce qu'il reste de Dabeya. Le peuple commence a se masser, voulant confirmer avec les yeux la rumeur. Zuri fait son entrée, accompagnée de son conseil exclusivement féminin, elle fixe Akoni. Son regard reflète la sagesse au-delà de ses années, et ses épaules portent le poids de la responsabilité. Zuri est désormais à la tête du peuple de Dabeya, accueillant Akoni avec un mélange de surprise et de joie. Les retrouvailles sont empreintes d'émotion. Akoni et Zuri échangent des regards appuyés qui disent tellement plus que le silence, de tout ce qui a changé depuis leur dernière rencontre. Les Mandingues, témoins silencieux de cette réunion, ressentent l'importance du moment.

Zuri, avec dignité et fermeté, explique comment les villageois avaient trouvé refuge près de la rivière sacrée. Elle a guidé la communauté à travers les défis, assumant le rôle de leader avec grâce et détermination. Les maisons nouvellement construites, les champs cultivés avec soin et l'esprit de résilience qui flotte dans l'air sont la manifestation de la force du peuple de Dabeya. La nuit tombe, et autour d'un feu, la communauté se rassemble pour partager les histoires des années écoulées. Les étoiles scintillent au-dessus d'eux, témoins silencieux de la renaissance de Dabeya. Akoni, Jelani et les Mandingues sont désormais des membres de cette communauté renouvelée, liés par des liens forgés dans la lutte et le désir commun de liberté. Le lendemain, Zuri propose de reconstruire ensemble Dabeya, de restaurer son ancienne gloire et de créer un futur où la paix et la prospérité coexisterons.

Akoni, honoré par la force et la résilience de ce peuple, accepte de se joindre à cette entreprise. Ensemble, unis par le passé, mais également par l'espoir de l'avenir, ils entreprennent la reconstruction de Dabeya, déterminés à écrire un nouveau chapitre dans l'histoire de leur village.

Fin

Retrouvez la suite de cette série dans :
Khepri le temple des éveillés

L'AUTEUR

Gabriel Souleyka est historien de formation, frustré par l'absence notable de récits sur l'Afrique dont il est originaire. Il entreprend un cycle poussé de recherches, cherchant à comprendre pourquoi les programmes pédagogiques ne font aucune mention des luttes pour la liberté. Il découvre un nombre impressionnant de Reines, Rois, guerrières, guerriers, artistes, poétesses, poètes qui ne sont jamais racontés. Se spécialisant sur les questions du génocide esclavagiste, il est tout aussi consterné par les contradictions comptables, les idées reçues sur l'esclavage, de fausses données, des chiffres tronqués. Intervenant dans différentes conférences, débat avec d'autres historiens, en quête de la vérité historique.

Ses recherches se poursuivent sur les Antilles. Découvre la statue de Solitude, lors de son inauguration en Guadeloupe, il a lu l'unique roman parlant de son histoire. Mais c'est une fiction, pas un recueil historique, il va pousser les portes du savoir cachés, pour honorer la mémoire de cette femme inconnue. Désirant offrir au plus grand nombres le fruit de ses efforts, il décide d'écrire un premier roman, qui à contrario de l'essai, ne s'adresse pas aux spécialistes. Il entend dénoncer la supercherie historique, éteindre les polémiques parlant de mythe. Parler du rétablissement de l'esclavage par Napoléon, raconter les Femmes et les Hommes qui ont sacrifié leurs vies pour la liberté. Ces romans sont empreints de vérité. Pour honorer la devise, chère à Tioleja Films : Raconter des histoires inspirantes qui élèvent les héros de tous les jours à la place qui leur revient dans l'histoire.

Dépôt légal, novembre 2023
Imprimé en France.

www.ingramcontent.com/pod-product-compliance
Lightning Source LLC
LaVergne TN
LVHW030103051026
849522LV00012B/3275